Perfectn JIJI S NRY

完全版 時事川柳

尾藤三柳

Bi o Sa n y

新葉館出版

完全版 時事川柳 § もくじ

第三章

作句の基本　051

第四章 時事川柳の技法 079

◆まえがきに代えて

時事川柳と動体視力

――「線」で捉えて「点」で結ぶ――

「動体視力」という言葉は、スポーツ用語として使われることが多い。投手の投げるボールの軌道を正確に捉え、その線の流れを予測、これしかないという一点でインパクトする、あるいはスパイクの角度を一瞬に読み取って、反射的にブロックする、その野球やバレーボールはいうまでもなく、流れの中で一刹那の虚をつかむ柔道や相撲にも動体視力は重要な意味を持っている。

そして、多くの文芸の中で、特に動体視力を要求されるのが、われわれの時事川柳である。時流という大きな流れの中で、一点の時事をとらえなければならないからである。

時流というのは文字通り流れであり、線である。視覚で捉えることが出来なくても、それは確実に動いており、一時もとどまることがない。この線を追い続ける動体視力があって、はじめてその線上の一点を的確に捉えることが出来る。

『文鏡秘府論』という書物の中で、空海は「目撃」ということをいっている。ただ見るだけでなく「目デ撃ツ」、つまり物の本質にまで目を届かせる、ということである。その「目撃」の一点をあやまたずに捉えなければならない。

一例を挙げよう。

エノケンの笑ひにつづく暗い明日　（昭和一二）　鶴彬

この句については、まず私の鑑賞文を引用させていただく。

右の作品が不朽の生命を持つのは、単に迫り来る戦争を予見したというにとどまらない。日に日に緊迫の度を加えていく時代の流れを、線として着実に追い続ける視線があって、その中から前景の一点を、風景として結実させたという点にあり、この風景の背後では、なお時代は流れ続けているということである。

これが、動体視力の典型である。

類似した現代の作品を一句だけ挙げれば、英訳時事川柳としてアメリカにも紹介された

帰宅した夫の首を確かめる　郡司恵太

がある。

一九九〇年（平成二年）、日銀の公定歩合引き上げに端を発した株価の大暴落と景気の下降は、戦後最大の不況を呼び起こしたが、このバブル崩壊を契機としたリストラクチャリングの嵐は、リストラ

の名で一般化、業種の差なく企業に職を持つ者の明日を不確実なものにした。いつ果てるともない不況の中で、不安に揺れる勤労者家庭。そうした不安定な社会の状況を、線としてしっかり捉えているからこそ、その前景に戯画化された点景が絶妙のタイミングで、最大限の効果を発揮する。

フランスの写真家カルチエ・ブレッソンの「決定的瞬間」という有名な言葉は、シャッターチャンスのことだが、その決定的チャンスの前後には、無数のチャンスが線として繋がっており、その中の唯一のチャンスをつかむということである。

「線」で捉えて「点」で結ぶ。この流動するものを線として捉える動体視力とは、言い換えれば、「時代感覚」ということになろう。個々の出来ごとを、静止した位置からポッンポッンと単独に捉えていたのでは、それぞれがバラバラな、平面的な風景にしかならない。

単発的に見える事件も、単独では存在しない。すべては有機的な繋がりをもっている。その水面下の脈絡をいかに捉えるか、ここで要求されるのが「時代感覚」である。

たまたま同じ前景、類型的な具象の風景を描いても、背景の捉え方によって奥行きの深浅が生じてくる。したがって、同じ時事的題材、批判的発想でありながら、最終的に価値の上下を決定づけるのは、「時代感覚」の差であるということが出来る。

そして、この「時代感覚」は作者の努力でいかようにも身につけることが出来るということである。常にいま在る現実から目を逸らさないこと、その在り方の連続が、文芸の動体視力を高める唯一の方法である。

最後に、時系列作品としてはいささか古いが、象徴的事件と凝結度の高い優秀作品をもう一点。

スーパーに雪崩が起きる熱帯夜　久本穂花

消費生活者にとっては最大の関心事を、ことさら大仰にならず、一分の隙もない構成で、新聞掲載作品中の白眉といってよい。

商標の上にアグラをかいた雪印乳業のズザンな製造実態が明るみに出るや、雪印製品が一夜にしてスーパーの棚から消えた。それを一瞬の「雪崩」と捉えたのは、比喩としてもさることながら、それといわずに不祥の製造元を縁語で喚起させる連想の妙、さらに「熱帯夜の雪崩」というアイロニカルな一点に、風景を結実させた一句構築の見事さと、間然するところのない形式を参考にされたいと思う。

識っておきたい時事川柳一〇項

1 「時事」の創まり。司馬遷『史記』（約二一〇〇年前）の記事「奏六国之時事《りっこくのじじをそうす》」より。

「六国」とは、中国戦国時代（前四〇三〜前二二一）の秦を除いた七雄、斉・楚・燕・韓・趙・魏の六カ国。これらの国の現在の事情を、秦の皇帝に奏上したというのである。やがて始皇帝の統一で戦国時代が終わる。

2 「風刺(諷刺)」の創まり。『詩経』(=『毛詩』。約二五〇〇年前)大序から。『詩経』は五経の一。上古の三千余首を删って、孔子が三一五編に。毛氏によって伝えられたので『毛詩』ともいう。

原文は「上以風化下、下以風刺上」(上は風を以って下を化し、下は風を以って上を刺す)という対句で、その後半部分の連字が出典となっている。

3 日本で「時事」と「風刺」の概念が意識されたのは近代以後。季節の循環に沿った花鳥風月は、時事とは概念を異にし、またヨーロッパではギリシャ古典以来の風刺も、日本では文学の埒外(たとえば落首)に置かれてきた。

4 「時事川柳」の創まり。週刊『團團珍聞』(明治一〇年三月二四日創刊。発行所・團團社のち珍聞社)の読者欄から。

「御東京絵《おどけえ》・團團珍聞《まるまるちんぶん》」は、New Japanese Comic Paperと副題、欧州帰りの野村文夫(一八三三〜一八九一)発行の西欧的週刊誌。毎週土曜日発行、戯画・戯文で時の政治を風刺、筆禍の圧力にも屈しなかった。

明治四〇年七月の一六五四号以降不明。「まるちん」。

西郷はもう高盛りの枕飯　明治10年（西南戦争）

5

川柳史の上からは新聞《日本》（明治二二年二月一一日創刊）で同三六年七月三日開設の〈新題柳樽〉（井上剣花坊選）を近代川柳のスタートとする。

新聞《日本》は、明治二二年二月一一日、日本新聞社から陸羯南《くがかつなん》が創刊。前身は経済新聞「商業電報」から明治一九年「東京電報」となり、政治専門紙《日本》となる。タブロイド版日刊紙として、発行部数一万部内外を維持、大正三年一二月三一日九一九四号まで続刊。「侃諤の言論」と「発行停止」の回数が売り物のような硬派新聞で、小説を掲載しないことでも知られた。

時事川柳は、正岡子規、佐藤紅緑に時事俳句を作らせた当時の主筆古島古洲（一雄）の発想で、西芳菲山人、阪井久良伎、藤井紫影などを経て、最後の担当者井上剣花坊によって読者投句欄として定着、他紙の追随によって、新川柳の大本山の趣を呈した。

有礼が無礼の者にしてやられ　明治22年（憲法発布の日、文部大臣奇禍）

6

時事吟と呼ぶ場合は作詠の種（パーツ）、時事川柳と呼ぶ場合は川柳の類（ジャンル）を示す。

時事は、もと時事吟と呼ばれ、古風吟、懐古吟、花柳吟などと同レベルに扱われたが、第二次大戦後、川柳の中の独立ジャンルと看做されるようになった。

7 ジャンル確立は、川上三太郎選〈よみうり時事川柳〉（読売新聞昭和二五年四月一日開始） が出発点となった。
①日本を代表する朝刊が欄を設けたこと。
②欄名に「時事」をうたったこと。
③新聞第一面に据えたこと。
④連日掲載したこと。
⑤選者に当代の第一人者を選んだこと。
など、すべてが新機軸で、時事川柳に対する対社会意識を一挙に高める効果があった。 時事川柳が独自の方法論を確立させ、時事だけの専門作家を輩出していくのは、これが契機となっている。

8 「時事」は動態であり、「時」は「線」、「事」は「点」で、「線」 の流動の間に、「点」として捉えるのが「時事川柳」である。

9 「時事」の有効期限は、線の起点から終点まで。 その間の「点」を何処においても、作品の新旧とはならない。

10 毎年繰り返される年中行事や歳時記的事象は、現前しているというだけでは時事の対象とならない。「風俗」と「時事」は、まったく概念が異なる。

役人の骨っぽいのは猪牙に乗せ　（柳多留二篇）

は、「風刺」ではあっても、「風俗批判」であって、特定の事象を捉えた「時事風刺」ではない。

補遺…一時的ブームや流行は、盛期を除く事前と事後の「点」の位置によって、時事と看做されない場合がある。

完全版　時事川柳

第一章　近代川柳ルネサンス

明治の川柳復興

正岡子規によって革新が唱えられた俳句が、江戸以来の宗匠俳句から脱して近代化の基礎を築き、また新しいロマンを求めた明星派などの短歌が新たな視野をひらいたように、川柳もまた明治の後半期に、新しい時代を迎えました。

一八世紀中期に、柄井川柳《からいせんりゅう》(一七一八〜一七九〇)によって独立形式の一七音文芸として定着した単句(この時代は、まだ「川柳」の名称では呼んでいません)が、時代が下るにしたがって、内容的に低俗化、加えて宗家制度などという悪弊が続いて、文芸的には見るべきものを持たない言葉遊びに堕していました。世態・人情の機微を穿って高い評価を受けた川柳風が、なぜそのように堕落していったかについては、ここでは触れることはしませんが、明治にいたって気がついた時には、眼前にあるのは「狂句」と称する遊戯三昧の閑文字であったということです。

約百年に及ぶこうした閑文字を否定し、新しい時代に即した文芸としての性格に目覚めたのが、明治三〇年代の中頃で、川柳はここから再出発したわけですが、これを歴史的には「明治の中興」と名づけ、以後を「新川柳」の時代と呼びますが、文芸名としての「川柳」が固定したのも、この時期からです。

もちろん、現在おこなわれている川柳は、この「新川柳」を受け継ぐもので、今ではとくに「新」をつけずに、ただ「川柳」と呼んでいます。

明治三〇年代後半に興り、現在につながるいわゆる「新川柳」は、当時の新聞や雑誌が設けた〈川柳欄〉を出発点としています。新聞《日本》《電報新聞》《日出国《やまと》新聞》《読売新聞》《東京日日新聞》《中央新聞》《大阪新報》《大阪日報》などの新聞、《文芸倶楽部》《文庫》などの雑誌が、明治三五年から三七、八年にかけて川柳の募集欄を開設、そこに句を寄せる新しい作家群と、その選者であった指導者を中心に新しい川柳への動きが展開されていったものです。

この各新聞や雑誌に割拠した作家集団を核にしてそれぞれのグループが結成され、やがて吟社の設立、機関誌の発行という分派が成立して、それを包括した初期の「川柳界」が形成されていったというのが、近代川柳の始まりです。

投句欄から結社へ

明治三六年七月三日に始まる新聞《日本》の川柳募集欄〈新題柳樽〉(井上剣花坊選)は、九月八日に至り始めての読者投稿があり、以後次第に人気を高めて、翌年の開設一周年には、選者の「坊」号を真似た投句者が三〇〇にも上る人気欄に成長していました。

この人気を背景に、一周年に当たる三八年に、新聞投句者を中心とした結社・柳樽寺《りゅうそんじ》を結成、機関誌

「川柳」第一号を創刊しました。

これに先立って、前年の六月五日には、史上初めての川柳会を開いたもう一人の中興、阪井久良伎が、久良岐社を結成しており、さらに、この年九月一五日には、各新聞投句者へ呼びかけて、作者相互の横の連絡を企図した初歩的な組織体、川柳研究会が発足し、一年間の句会を通じて五四名の小規模な川柳「界」の基礎を作りました。

新聞《日本》に始まる一種の川柳ブームに乗って、各新聞が競って川柳欄を設け、その川柳欄を基盤にした結社が次々に生まれていきました。

久良岐社が七人の会員をもって発足して以後、五年間に結成された結社の主なものは次の通りです。

電報新聞（東京）選者・阪井久良伎・久良岐社（三七・六）
（東京）各新聞糾合団体・川柳研究会（三七・九）
（東京）文象ら一〇名・翠会（三八・二）
中央新聞（東京）世話人・高木角恋坊・ダース会（三八・三）
やまと新聞（東京）さゆり（如意剣）ほか・川柳下萌社（三八・五）
貿易新報（横浜）選者・安藤幻怪坊・川柳社（三八）
大阪新報（大阪）選者・小島六厘坊・六厘社（三八）

新聞《日本》（東京）　選者・井上剣花坊・柳樽寺（三八・一一）
万朝報　（東京）　選者・喜常軒三友・万友会（三八）
読売新聞　（東京）　選者・田能村朴山人・読売川柳研究会（三九）
やまと新聞（東京）　選者・市村駄六・川端連（三九）
（東京）　浜田如洗、村田周魚ら・根岸白菊会（三九）
（北海道）勝峯錦風・狂句仙蛙会
海南新聞　（松山）　選者・窪田而笑子・海南川柳研究会（四〇）
松陽新報　（松江）　選者・村穂珍馬・乱坊会（四一）
国民新聞　（東京）　選者・高木角恋坊・東京川柳社（四一）

ここまでを、初期吟社発生期と名づけてよいでしょう。翌四一年以降は日本各地に結社が簇生、第二期の発展期に入ります。

この間、新聞《日本》の川柳欄を立ち上げた主幹の古島一雄が目指したのが、川柳による時事風刺で、剣花坊より一年早く、阪井久良伎、西芳菲山人、藤井紫影らをスタッフとして、明治三五年三月一日から新欄を設けましたが、思うに任せず、一カ月ほどで立ち消えになったという経緯があります。

そのあとを継いだのが剣花坊で、古島が所期したイメージからは遠いものになりましたが、時代を捉えて笑いのモメントとする、むしろそのナンセンス振りが一般大衆の人気となり、それが定着します。時事より風俗が中心となり、他の新聞もそれに追随しました。

特に三派鼎立と呼ばれた三結社について、この時代の言い方で、久良岐社一派の江戸趣味、下町風、柳樽寺一派の滑稽趣味、書生風、読売川柳研究会一派の写生趣味、山の手風というのがあり、おおむね言い当てていると いってよいでしょう。

いずれにせよ、草創期五年間で二〇に満たなかった川柳結社の数が、この百年の間に全国五〇〇になんなんとしているということです。

戦後と〈よみうり時事川柳〉

〈よみうり時事川柳〉と題した連日掲載の川柳募集欄が、当時の第一人者・川上三太郎を選者に、読売新聞のフロント(政治面)に初めて登場したのは、昭和二五年四月一日のことでした。

明治の「新川柳」以来、読売新聞には断続的に川柳欄が続いており、選者も多くを数えますが、初期の一時期を除いて時事川柳は影を潜め、一般川柳欄に変わっていました。それも日中戦争の勃発を境に紙面から姿を消し、第二次大戦の戦中戦後にかけて、一〇数年の中断状態が続きました。戦中にはとかく閑文字視され、また用紙不足でタブロイドやブランケット二ページの紙面縮小に甘んじなければばならなかった戦後すぐには、川柳欄などを設けるスペースそのものがなかったのですから、やむを得ないことでしょう。

そういう時代からようやく脱け出そうとする昭和二五年に、いち早く、しかも新聞の顔といわれる第一面に、川柳欄を設けた読売新聞の英断とユニークな編集方針は特筆されなければならないでしょう。

この企画のユニークさは、次の三点にあります。

第一は、欄名に正面から「時事」をうたったこと。第二に、それを「連日掲載」としたこと。第三は、掲載面を第一面に置いたことです。第一は、読売新聞にとって初めての試み、第二は、すべての新聞をふくめての新機軸をなすもの、そして第三は、大新聞としては前例がないということです。

よみうり時事川柳　川上三太郎選

物価高忘れて拝むご来迎　東京都　磯田日出夫
新番地ハガキ元日から迷子　東京都　吉田　三保
初陽よりもう上がってるのは物価　川崎市　熊谷俺河童
（選者吟）
一月一日こんな静かな東京都

新聞のニュースと連動して、その日の動きをその日にとらえ、時代の足跡をきめこまかく、時差をおかずに刻み込むためには、まず「時事」を標榜し、その流動をそのまま「第一面」に「連日掲載」することは、あり得べき合理性ですが、この種の募集欄としては、かつていかなる報道機関によってもなされなかった試みで、これは他紙に先駆けて時代を先取りした感があります。

はたせるかな、この「小さな」欄には、流動の激しい戦後の社会がなまなましく反映され、川柳にとっては「大きな」足跡を刻みつけることになりました。

予備隊は二年がかりのアルバイト
金ヘンの忘年会でハデな唄
大磯と音羽をうまく泳ぐ雑魚
火焰ビン一升ビンとすれ違い
夢かしら電気がついてガスが出る　（いずれも昭和二〇年代）

それから現在まで選者は川上三太郎（昭和二五年四月一日～四三年一二月二六日）石原青竜刀（四四年一月一日～五三年三月一一日）楠本憲吉（五三年四月一日～六三年一二月一七日）尾藤三柳（六三年一二月一七日～平成二一年三月三一日）と四代を数え、その間にはスペースも一段から二段に拡幅されて天気予報脇が定位置（のち投書欄に移動）となり、文字通り読売新聞の顔の一部として定着しました。

一千万読者という日本一の発行部数を誇る新聞の発展とともに〈よみうり時事川柳〉もまた充実と成長を続けつつ、休むことなく時代を書き留めてきたのです。

〈よみうり時事川柳〉は、時事川柳に関する限り、日本一の歴史と実績を誇りうる、いわば「時事川柳の本家」として、現在があり、将来があるといってよいでしょう。

第二章　時事川柳の発生と変遷

「川柳」のあらまし

時事川柳は、近代以降に興った新たな川柳の分野ですが、それについて考える前に、その土壌となった「川柳」のあらましを、一応は知っておく必要があるでしょう。

以下、簡単に概略を記しておきます。

現在わたしたちが「川柳」と呼んでいる短詩文芸の名称が定着したのは、明治後半からで、本来は、川柳風狂句とか川柳狂句、また季なし俳句などと称したものです。江戸の末期から恣意的には川柳と呼ぶこともありましたが、文芸そのものの近代化とともに、あらためて「川柳」が固定した呼称となりました。これには他の文芸には例のない特殊な経緯があります。

というのも、この「川柳」というのは個人の名（俳名）で、江戸時代中後期（一八世紀後半）の新興都市江戸に登場した、前句附《まえくづけ》というものの点者《てんじゃ》（宗匠）に由来します。

孝行のしたい時分に親はなし
役人の子はにぎにぎをよく覚え
寝ていても団扇のうごく親ごころ

など、よく知られた多くの句を世上に流布させた当時超一流の選者で、いつの間にか、この選者の号「川柳」が文芸の代名詞のように喧伝されるようになりました。

江戸浅草新堀端の天台宗龍宝寺門前（現・台東区蔵前四丁目）の名主で、柄井八右衛門（通称正通《まさみち》／一七一八〜九〇）という人が宗匠となって、号を川柳《かわやなぎ》と名乗ったのは宝暦七年（一七五七）のことで、以後三三年間、点者として第一人者の地位にありましたが、この人の選句が江戸人士の好みに合い、大いにもてはやされました。『誹風柳多留《はいふうやなぎだる》』などの代表的選集も刊行され、他の同業点者を押しのけて、現在に受け継がれる一七音文芸の祖と仰がれるようになったものです。

生涯に閲した句は三百万句にも及ぶといわれ、二五〇年を経た現在なお庶民に親しまれる多数の名句を世に出し、寛政二年九月二三日、七二歳で没しました。毎年、菩提寺の天台宗龍宝寺で川柳忌が営まれています。

江戸後期以来、「川柳」の号には代々があり、「宗家」というものを継承してきましたが、明治三〇年代に新風が興り、近代化される過程で、そうした制度を廃して自由な文芸となり、さらにその後、人名（俳号）を文芸名とすることに異議が唱えられ、改称しようという試みが繰り返されました。新風俗詩、新柳句、短詩、寸句、草詩、柳詩、俳詩、風詩、第三短句など、さまざまな新称が提出されましたが、いずれも普及化するにいたらず、現在なお「川柳」の名で呼ばれているわけです。

江戸に興った音曲名である「義太夫」や「清元」また「都々逸」などは、創始者の名がそのまま音曲の名になったものですが、かりにも文芸を名のるもので個人名が継承されているのは川柳だけで、それも大きな特性のひとつといえます。

それでは、柄井川柳が点者をつとめた「前句附」というのは、どんなものだったのでしょう。

五七五の発句（現在の俳句）に始まり、七七の短句、また五七五の長句と交互に詠み続けていくのが俳諧（連句）ですが、そのうちの一単位である長句と短句、つまり短歌の上の句（五七五）と下の句（七七）に当たる部分だけを抜き出して、附け合うのが前句附です。

たとえば、

切りたくもあり切りたくもなし

という七七の短句（前句）を題に、

盗人を捕えてみれば我が子なり

という五七五の長句（附句）をつけて、両句のあいだにはたらくウイットやユーモアを競い合うというもので、江戸時代にはこれが一種の娯楽的な懸賞文芸として、庶民の間にたいへん流行しました。

この前句附の前句（題）を切り離して、五七五の一句立て形式にしたのが、柄井川柳であったというわけです。

撰集である『誹風柳多留』には、すべて前句が省かれ、一句で意味がわかり、独立したおもしろさのある句ばかりが選ばれています。

こまかい経緯は省略しますが、「川柳」とは、一八世紀半ば、前句附を母体にして江戸に興った特殊な短詩文芸の一つと定義してよかろうと思います。

江戸川柳のうちでも、柄井川柳が評に当たった宝暦七年(一七五七)から寛政元年(一七八九)にいたる三三年間の選句を、とくに「古川柳《こせんりゅう》」と呼びますが、前記の「誹風柳多留」では初篇〜二四篇に当たるこの期間には、人口に膾炙した著名句をふくめて、多くの名句・秀句がひしめいています。川柳を文学の地位に押しあげたのは、この古典期の作品で、同じ「笑い」でも質が高く、洗練された「うがち」の目に支えられています。

いわゆる世態・人情の機微をとらえた古典句の中から、ほんの一部を読み易いかたちで掲げてみましょう。

本降りになって出ていく雨宿り

一見、オヤと矛盾を感じさせて、実はリアリズムそのものといった古川柳の真骨頂。ちょっと意地の悪い、しかし最後まで行き届いた観察の目が働いています。

国の母生まれた文を抱き歩き

「生まれた文《ふみ》」というのは「嫁ぎ先の娘に初孫が無事誕生したという報らせの手紙」のこと。それを実際の孫のように抱き歩く里方の母の姿がほうふつとします。

かんざしも逆手《さかて》に持てばおそろしい

美しいとか、可愛らしいとかいうイメージを一転、かんざしを「おそろしい」と言い切って、なおかつ読者をうなずかせてしまう心にくさ、いわば意表をつくおもしろさです。

朝帰りだんだん内《うち》へ近くなり

この句が実はきわめて深刻な内面の葛藤を描いていることは、そうした経験のない人にも伝わります。古川柳の「軽み→笑い」を代表する佳句です。

添え乳《ぢ》して棚に鰯がござりやす

「お帰りなさい。おっつけこの子が寝つくまで、そこの棚のイワシで先に飲《や》っていてくださいな」――若い職人親子三人の水入らずの生活断面が、人情劇でも観るように伝わります。

どっからか出して女房は帯を買い

ヘソクリのテクニックにかけては、江戸の女性も現代の女性も変わりはありません。「ム?」――「宵越しのゼニは持たない」亭主族のポカンとした顔が浮かんできませんか。

ひん抜いた大根で道を教えられ

一茶の俳句「大根引大根で道を教えけり」の様式性に比べると、この句からは人間同士の呼吸や土の匂いまでしそうな現実感が迫ってきます。作者自身が、句の中に登場しているからです。

蟻一つ娘ざかりを裸にし

恥ずかしいさかりの娘に、たった一匹のアリがはい込んで、とうとうヌードにしてしまったという、誇張と、人の意表をつく古川柳独特の諧謔です。

柄杓売り何にもないを汲んで見せ

家々を売り歩く小商人のしぐさを見事にとらえたリアリズム。愛想に格好だけしてみせるのを「なんにもないを汲む」とは、いかにも言い得て妙というところです。

わずかな例にすぎませんが、古川柳の一面はうかがえると思います。

ところが、柄井川柳の没後、すぐれた選者の不在や、言論・出版への厳しい締めつけといったもろもろの理由から、この短文芸の文学性がいちじるしく低下し、そのまま明治の後半期まで百年ほど続きますが、この間、これを「狂句」と呼ぶようになりました。

一言でいえば、古川柳を「機知」の文芸とすれば、狂句は「形式機知」の文芸で、ともに言語を表現手段としていても、古川柳は内容を、狂句は言葉のアヤを、それぞれ重視するという違いを指摘することができます。

亀四匹鶴が六羽の御縁日

これが、狂句です。「亀は万年」といいますから、四匹で四万、「鶴は千年」ですから六羽で六千、それをトータルした縁日なら、いうまでもなく浅草観音の「四万六千日」ということになり、なるほどと膝を叩かせはしても、それ以上の内容はありません。

この種のナゾ句仕立てや、縁語の洒落を利かせた「ことば遊び」を、一般的に狂句と呼んでいます。「形式」つまり言葉だけで笑わせようとする皮相な「機知」と、川柳の特性である内容的なウイット、ほんものの「機知」とは別のものです。

また、いたずらに卑猥な題材、卑俗な用語を用い、語呂合わせに興じるなども、狂句として見てなお質の低いものですが、おおむねこのような閑文字と化したまま、川柳は明治を迎えたのです。

明治三〇年代の中頃に新川柳運動は、これを改革して、古川柳の時代に直接つなげ、その洗練された文芸性をもって新時代に訴えようという、狂句排撃ののろしでした。

時事狂句から時事川柳へ

「時事川柳」とは、文字のとおり「時事」をテーマとした「川柳」のことです。時事という言葉は、『史記』などに出てくるように、中国ではたいへん古い言葉で、そのときどきに起こる事件や現象を指しますが、日本で一般に用いられ始めたのは、明治以降、近代的な新聞が発行されるようになってからです。明治一五年には福沢諭吉によって《時事新報》が創刊されていますし、江見水蔭《えみすいいん》の「時事小説」や北沢楽天の「時事漫画」は、政治・社会のもっともホットな出来事を、小説や漫画にしたものです。

まだ、ふつうには「狂句」と呼ばれていた川柳が、新聞などに取り上げられるようになり、時事をもっぱらとするようになったのも、もちろん明治以降のことです。

明治一〇年創刊の《團團珍聞《まるまるちんぶん》》には、その年一月に起こった西南戦争の最中、西郷軍の旗色がはっきりと悪くなった六月三〇日号に、はやばやと次の句が見えています。

西郷はもう隆盛の枕めし

「枕めし」は死者の枕元に供える飯のことで、「隆盛」は「高盛り」、「西郷」は「最期」と、二重に言い掛けにしたもので、こうした言葉のうえの技巧を川柳と区別して「狂句」と呼んでいるわけですが、これについては前にも触れました。

それなら、明治以前には時事を題材にした古川柳なり狂句が全然なかったのかというと、言論も出版も決して自由とはいえなかった当時にも、ごく稀には作られていました。

例えば、江戸幕府で老中首座の田沼主殿頭意次《とのものかみおきつぐ》が権勢をほしいままにしていた、いわゆる「田沼時代」の末期、天明四年（一七八四）三月二四日、江戸城中桔梗の間で刃傷事件が起こりました。意次の長男で、前年若年寄となった山城守意知《おきとも》が、新御番《ごばん》組の佐野善左衛門に斬りつけられ、それが致命傷で二日後に死亡した事件です。こんな城中の事件がたちまち巷間に伝えられて、同じ年には次のような句が生まれています。

としよりの若死をする不慮のこと

この時、意知は三五歳、ゆえに「年寄」が「若死」をしたと言ったものです。かなり辛辣な揶揄がふくまれており、あの江戸時代、しかも被害者が時めく権力者の肉親とあれば、よくこんな大胆な句が出されたものと思いますが、出句者の名は分かりませんし、句合わせで入選はしましたが、公刊されて陽の目を見ることはなかったのです。

江戸時代に時事句がめったに見られないのは、この例のように記録として残されなかったという理由もあると考えられます。

いずれにせよ、時事句が時事句として意味を持つのは、言いたいことが自由に言える時代背景があってこそで、とすれば、当然近代以降、さらにつき詰めれば、言論の自由が憲法で保証された第二次大戦以後の自由社会ということができます。

時事川柳は、人間が自由を獲得していく度合いに応じて、発展してきたといってよいでしょう。つまり、常に時代とともにあるということです。

明治になって、新たに創刊された前記のコミック・ペーパー《團團珍聞》は、その狂句欄（選者＝梅亭《ばいてい》金鵞《きんが》→鶯亭金升《おうていきんしょう》）においても時事風刺をもっぱらとして、大衆の人気を博していましたが、これに刺激されて、江戸以来のいわゆる旧派である柳風狂句も、時事をもって新風を切り開こうとする対応を見せ、新川柳が興る以前の明治前半期は、「時事狂句」の時代といってよいでしょう。

狂句というのは、江戸時代の文化・文政頃から盛んになった句の形式で、言葉の言い掛けや縁語、語呂、謎など、内容よりは言語の技巧によって笑いを求めようとするのがねらいで、川柳堕落の一面を担うものですが、一般にはこれが喜ばれて、根強い流行を続け、明治中期には最盛期を迎えていました。

「時事狂句」の例を、いくつか挙げておきましょう。

洋行費自分の腹は伊藤なし　（團團珍聞　明治15・10・25）

自由党の板垣退助総理の外遊が物議を呼び、その資金の出所が伊藤博文から出ているという疑惑が噂されたのを題材にしたもので、自分の腹は痛まないということに掛け「伊藤（痛う）なし」といった狂句の典型とも言えます。

営業税に砂糖屋もにがい顔　（團團珍聞　明治10・5・21）

これは「甘い」ものを売る砂糖屋が税金に「にがい」顔をしたというだけの言葉遊びです。

天津に藤と李の花競べ

（柳風狂句《風流集》明治18）

伊藤博文と李鴻章《りこうしょう》による天津条約の調印を、「藤」と「李《すもも》」の花といった謎句の一種。浅草を「草」、上野を「野」というのも、この類です。

黒白を討論市区を碁盤の目

（柳風狂句《風流集》明治18）

市街を「碁盤の目」に整備する討論の黒白を、碁石の「黒白」に掛けた縁語がねらい。

こうした語戯に類する「狂句」を廃して、内容中心の文芸性を取り戻したのが、前項で記した「新川柳」で、一般に「時事川柳」というときは、新川柳以後の新聞に興った近代川柳を指します。

時事川柳こと始め

明治三五年三月に阪井久良伎らによる〈猫家内喜《ねこやなぎ》〉欄として始まり、翌三六年七月からの井上剣花坊選〈新題柳樽《しんだいやなぎだる》〉欄で定着した新聞《日本》の川柳欄が、新聞・雑誌における「新川柳」の始まりであり、同時に「時事川柳」の始まりとみなされますが、これには伏線がありました。

硬派の新聞として知られ、連載小説さえ載せなかった《日本》が、当時主筆をつとめていた古島一雄の発想で、時事風刺の短句欄を紙面の一角に設けることになるヒントは、それより一〇年ほど前に寄せられた一通の投書(狂句)でした。

明治二二年二月一一日(当時の紀元節)は大日本帝国憲法発布の日であり、新聞《日本》創刊の当日でもありましたが、この日、新文部大臣の森有礼《もりありのり》が暴漢に刺殺されるという事件が起こりました。

森は廃刀論者として知られ、また契約結婚など新しい思想の持ち主で、この少し前、伊勢神宮の不敬問題で物議をかもすなど話題の多い人物でしたが、事件の直後、《日本》に次の投書があり、新聞は森遭難の記事にはさんで、この二句を掲載しました。

廃刀論者庖丁を腹に刺し

ゆうれいが無礼の者にしてやられ

廃刀論者が、帯刀を腰に差す代わりに包丁(事件の凶器は出刃包丁)を腹に刺した、というのも、「有礼」と「無礼」の掛け合わせも、もちろん狂句仕立てですが、まことに生々しい時事句で、この時のインパクトが、永く古島の脳裏に残りました。

新聞に作者名は記されませんでしたが、当時狂歌や狂文で知られた西芳菲山人《ほうひさんじん》(本名・松二郎。のち伊勢の工業学校長)であることがわかり、一二年後に古島が紙面に取り入れようとしたのも、はじめはこの作者の再起用でした。それが二転、三転、久良伎から剣花坊にいたって、投句欄として定着したわけですが、この欄がはからずも「新川柳」のメッカとなり、近代川柳と時事川柳のふたつながら、これを源流とすることになったのでした。

その変遷と特性

新川柳は、新聞・雑誌の時事句としてスタートしました。それは、掲載する媒体側の要望でもあったわけで、折からの日露戦争に直面して、時事句はもっぱら対ロ攻撃に集中しました。

バルチック屠所の羊のやうに来る　〈〈日ポン地〉戦時柳樽〉
ステッセル行灯《あんどん》部屋に居るここち　（同）
軍艦に羽根が欲しいと旅順口　〈久良岐選〈電報新聞〉〉
白旗のぐるりに露兵うずくまり　（同）

といった句が、紙上をにぎわわせたのが、初期の時事川柳です。

しかし、戦争が終わり、世の中が落ち着くと、新川柳は新聞・雑誌に限られていた発表機関から、結社やグループを単位とした機関誌に移り、原初的な川柳界を構成してゆく過程で、時事句より風俗句、風俗句より日常句と、その嗜好を変えていき、江戸時代から一般に川柳と呼んできた世態・人情の世界へ定着していきました。

明治の末から大正末期にかけて、結社組織が全国的なひろがりを見せる頃から、川柳の中心は、新聞・雑誌の投書欄から川柳界に移行、同時に、新聞・雑誌に発表される投句を、「特殊なもの」と見る考え方が生まれてきます。つまり、それらを川柳の本流とは一線を画した懸賞文芸とみなす差別思考です。「時事川柳は川柳にあらず」という決めつけも、この頃から川柳界に根を据えるようになったものです。

「時事」という属性を持つがゆえに、それを川柳の本道とはみなさないという考え方は、その後ながく川柳界を支配し、今なお払拭されたとはいえませんが、その一方で、相変わらず新聞・雑誌を拠りどころとする時事句は、消え去ることもなくわが道を歩みつづけて、時代を書き残しています。

川柳界からはじき出されたかたちの時事川柳が、しかし、結社川柳には欠落した時代の様相を、克明にとらえつづけてきたことの意義は、決して小さくはありません、時事川柳があって、川柳は時代を書き留めて来ることができたのです。

以下、明治から昭和前期にいたる時事川柳をいくつか挙げてみますが、そこには、一般川柳には見られない生き生きとした姿で時代がとらえられています。

明治期

江戸の花九月八日の夜を盛り　　飴ン坊

日露講和反対の国民大集会が暴動化、新聞社・交番などの焼き打ち事件に発展しました。

悶《もだ》えの子血の子恋の子おかめの子　六厘坊

与謝野鉄幹の短歌「われ男《お》の子…」のパロディで、鳳《ほう》晶子とのスキャンダルを皮肉ったものです。

春の街電車の道の人通り　剣花坊

四五年正月、東京市内電車の市有案反対ストライキで、晴れ着の市民は足を奪われました。

花魁の借金だけは焼残り　野呂坊

四四年四月、新吉原江戸町二丁目から出火、六千五百戸を焼いた大火災を、特異な角度からとらえました。

四句を掲げただけですが、同じ明治の時事でも、言葉遊びの「時事狂句」と新川柳以後の「時事川柳」との違いが、よくわかると思います。

◆大正期

ともかくも喜劇で終る青鞜《せいとう》社　正次

明治四四年、平塚らいてう等で創立の婦人運動も痴情のもつれでうやむやに。

節米に恰度《ちょうど》加減な八時間　水府

大正八年、鉄道院が労働時間八時間制を決定しました。

其の後の火の手は人を焼く烟《けむり》　剣花坊

関東大震災。散乱した身元不明の死者を野外で共同ダビにしましたが、そのむごたらしい風景です。

昭和前期

モボ・モガにかかはりもないひとつの死　三笠

モダンボーイ・モダンガールの出現と、芥川龍之介の自殺（昭和二年七月）。

緊縮の余裕を持たぬ菜ッ葉服　淳坊

浜口内閣（昭和四年七月）の緊縮政策。「緊縮」が当時の流行語になりました。

手と足をもいだ丸太にしてかへし　鶴彬

日中戦争勃発の年の反戦句六句のうちの一つ。昭和の初めから無産者川柳を唱えた作者はこの年に検挙され、拘留中二九歳で病死（昭和一三年九月）しました。新興川柳の象徴的存在でした。

旗振りし手を旗に振り学徒征く　三太郎

昭和一八年一二月に始まる学徒出陣がテーマです。

浅草で浅草を聞く焼け野原　幸一

シンボルの観音様まで消失、一面の廃墟と化した東京下町。敗戦直後の貴重な記録写真ともいえます。

以上でお分かりのように、不当な境遇に追いやられながらも、時事川柳はみずからのアイデンティティーを失うことなく、着実に「時代の語り部」たる役を果たしつづけた努力とねばりが、前章でも記したように、第二次大戦後の昭和二五年〈よみうり時事川柳〉欄開設という、時事川柳にとっての復権と再興の端緒を迎えることになり、それが黄金期ともいえる現在の隆盛につながる道を切り開いたのです。

第三章　作句の基本

川柳の構成

a 「正格」と「変格」

川柳は、定まった形式（定型）を持った詩――「定型詩」の一種です。一般に「五七五」とか一七字（音）とかいわれるのがそれで、同型の定型詩に俳句があります。

腹が立ち　【5音節】
人が使うに　【7音節】
人の金　【5音節】

のように、五音節と七音節のフレーズを交互に三つ重ねて、5－7－5となり、全体では一七音節になるのが、基本的な構成です。この場合、はじめの五音節を「上五」（または「初五」）、まんなかの七音節を「中七」、さいごの五音節を「下五」（または「座五」）と呼びます。川柳は、この上五・中七・下五の三句体を基本として構成される定型詩です。

このように、音節の数（音数）を組み合わせたリズム構成（例えば、七五調とか五七調）を「音数律」と呼びますが、そのうちの最も短い形式が「五七五定型」で、したがって川柳は、定型詩としては日本はもちろん世界で最短の詩型ということができます。

例句を声を出して読むと、音節の切れ目（音調）と、意味の切れ目（句調）が合致して、正確な三句体をなしていることが分かりますが、このように、音調と句調の切れが五・七・五と端正に重なった句体を、「正格」と名づけます。これが、五七五定型の最も一般的なタイプです。

一方、同じ形式を「一七音定型」を呼ぶことがあります。一七音節という総量の中で、音数の組み合わせを五・七・五以外の律調に求め、「正格」とは異なるリズム構成をとろうとするもので、この場合、意味の切れ目が、五・七・五という音調の切れ目に必ずしも重なりません。

死んだってねと　【7音節】
人様の／話する　【5音節・5音節】

音数律は五・七・五となり、上五から二音が中七へ食い込んだ形（これを「句渡り」と呼びます）ですが、全体としてのリズム感は損なわれていません。

7―5―5のほかにも、8―4―5、7―7―3、5―5―7、5―4―8など、さまざまな音数構成が可能ですが、読むときに軽いはずみをつければ、呼吸の上では五・七・五に還元できる潜在的な律調を持っているのが特徴（これがないと、自由律）です。

このように、一七音節の中で、意味の切れに重点を置いて音数律を構成することを、「正格」にたいして「変格」と名づけることができますが、定型であることに変わりはありません。

Ｂ「準格」―字余り・字足らず―

定型は、五・七・五（一七音節）ですが、この三句体を構成する一部（例えば、上五とか中七）に、多少とも音数の変化（字余り・字足らず）があっても、全体のバランスが極端に崩れない限り、定型感は保つことができます。

とくに、上五の音数が六音〜九音などに増えた場合でも、中七・下五がきちんとしている場合には、格調を失わないことがあります。これを「頭重脚軽」と呼んでいますが、例を挙げると、

キャッシュカードが掌《て》にあり余る安楽死

は、7‐7‐5、一九音という音節構成ですが、無理なく読み下せるでしょう。

このほか、上五・中七がそのままで、下五が六音あるいは七音に、また上五・下五がそのままで、中七が八音（これは、とくに「中八」と呼ばれて、忌避されることがありますが）になるものなどがありますが、例句は省きます。

これまでは、五・七・五のうちどれか一つだけが多音数になった字余りですが、二つ、もしくは全部

が多音数になる場合でも、定型感をとどめ得ることもあります。

夜店の灯あか鬼あお鬼まずしい鬼　【5・8・6】
働き蜂の親もやっぱり働き蜂　【7・7・6】

それぞれ一九音、二〇音ですが、全体のバランスがよく、定型に準じた安定感を感じさせます。

さて、字足らずですが、音数不足はあまりはなはだしいと定型感を失いますので、おのずから限界があります。ことに、中七が六音になったものは、いちじるしく句調を損ねますので、避けたほうがよいでしょう。

中七が減らせないとすれば、あとは上五、下五で一音か二音がせいぜいで、それ以外は自由律（破調）の非定型に属することになります。

何もありはしなかったいい手相

これは、3―8―5とも6―5―5とも読める一六音（一音の字足らず）ですが、とくに6―5―5と三句体に読むときのバランスがよく、定型感は支えられています。

ここでは、非定型に触れません。時事川柳の訴求力は、定型であってこそ、その効果を発揮するものです。時事川柳は個人の文芸というより、一般社会へ向かっての発言であるという意味からも、その手段としての句調を重視することが、何よりも存在意義を高めるものと確信します。

推敲のプロセス

一句を完成するためには、見入れ（発想）―趣向（構想）―句作り（形象化）という手順を踏むことになります。

1 「見る」ということ

「見入れ」というのは何を素材（テーマ）とするか、それをまず決定することですが、この時大切なのは作者の〈目〉で、表面的な浅いものの見方では、句もまた浅薄なものにしかなりません。しっかりした対象把握には、なによりも「見る」ことが必要ですが、この場合の「見る」というのは、「心を置いて見る」ことです。「心そこにあらざれば見れども見えず」と兼好法師がいうように、ものの「実相」に観入して、隠れた真実の姿を心でとらえるのが「見る」です。「目撃」という言葉の真の意味は「目デ撃ツ」ということですが、「見る」とは、まさにそういうことにほかなりません。

例えば「政治には金がかかる」とよくいわれますが、本当にそうなのか、実際には政治そのものではなく、「政治家に金がかかる」のではないか。「政治家」という利権を維持するために必要な金を、「政治」に転嫁しているのではないか。汚職という現実につながるのが、政治そのものの構造に原因があるのか、利権追求という政治家個々の構造に原因があるのかを見極めないまま単に政界の不正だけをテーマに取り上げても、浮ついた現象報告にしかならないでしょう。

真実をとらえる——あたり前のことですが、これがいちばん重要で、これを可能にするのが、目のはたらきだということです。

2 新鮮な題材を

次に、新鮮な題材を選ぶということ。この新鮮というのは、時系列的により新しい事件ということもちろんですが、同じことでも、これまで誰もそのような見方をしなかったという意味の新鮮さです。時間的には多少立ち後れても、見落とされてきた部分だけは、なお手垢のつかない新鮮さをとどめており、たとえるならば、同じ材料でも、別の新しい料理はできるということです。

時事川柳では「永田町」という用語は、使い古されています。が、文字面は変わらなくても、その「永田町」について今まで触れられなかった部分を発見すれば、同じ用語がたちまち新しいニュアンスとしてよみがえります。

題材の新鮮さとは、だから材料それ自体の新しさというより、ものの見方の新しさといってよいでしょう。

「常のことを珍しくする」（ごく普通のことを新鮮にいう）といい、誰もが経験していながら、それを表現することのなかったような「言いのこし」が、光りを放つ材料となります。

3 角度が大切

次に「趣向」ですが、これは、対象へ向かう角度（スタンス）と、切り取る範囲を決定する（フレームワーク）ことが中心になります。

一七音という詩型では、すべてを盛り込むことはできませんから、ポイントを絞る。最も典型的、特徴的な一部を描くことで、全体を想像させる——例えば、墨絵などでは山の全容を描かず、稜線の一部を描くだけで山を想像させる手法がとられますし、また写真撮影で、グラウンドの全景を入れなくても、その一部をファインダーで切り取れば、運動会のスナップはできます。

ただ、その際、何をポイントとして選び、どの部分を切り取るか、つまり、句としてどんなかたちに「風景化」するかが、一句の内容を決定づけることになります。

そのためには、どの角度からファインダーに取り込むかという構え、スタンスが問題で、上下左右にほんのわずかだけ角度をずらしても、ファインダー内の風景は変わります。

必要なものと必要でないものは、それが広がりを持つものか、持たないものかで区別されます。というのは、それをとらえることで、それ以外のものをどれだけ想像させるかが、真のポイントになるということです。

単純な例を挙げれば、見物席の人物を一人写しても周囲の状況は分かりませんが、同じ一人でもピストルを構えたスターターを写せば、運動会か、それに近い風景であることは想像できます。

言葉として表に現われるごく一端の風景によって、言葉にしないそれ以外の風景を想像させるのは、一にかかって切り取る角度にあり、これが短詩型の特性である「凝縮」を導きます。角度が的確であれば、凝縮すればするほど、広がりは大きくなり、句の内容は豊かになります。

同じ対象を見る角度にも、もちろんさまざまあります。前から横から斜めから裏から、それに高低を加えれば、ほとんど無限といってよいでしょう。この中から一つを選ぶことは、そう容易ではありませんが、これは訓練によって身につけていくよりほかありません。

初心者が、はじめから的確な角度で物をとらえることはむずかしいとしても、物は正面からだけ見るものという決め込みがあるとすれば、矯正することが大切です。「川柳の目」というのは、とりもなおさず、「角度」のことなのです。

4 「説明」より「描写」を

さて、題材、趣向が決まれば、こんどはそれをどう言葉に表現するか。言語芸術の一種である川柳の仕上げは、この形象化にありますが、同じ内容(題材、趣向)でも、文体、レトリック(修辞)によって、まったく違った印象の句になりかねません。

文体としては、まず「説明体」にならないことが肝要です。また、「報告体」「理屈体」にならないことです。つまり、これらを含めての観念的な物言いはなるべく避けるという心構えが必要で、そのためにはできるだけ「描写体」を取り、説明するより風景化する、ヴィジュアル(視覚的)に描くように努力しなければなりません。

同じ「宝クジは当たらない」ということを言うのでも、

宝クジ夢の中ではよく当たり

は、夢に託してひとひねりはしているものの、結局は「夢の中でしか当たらないものだ」という理屈を説明的に述べただけの観念の産物になっています。しかし、これを、「夢の中で当てた」という描写体にすれば、現実には当たらないというはかなさをより強調して伝えることができます。

目が覚めるまで握ってた当たりクジ
前後賞付きで当たった夢の中

これが、「観念体」と「描写体」の違いです。

5 自分の言葉で

次には、「自分の言葉」で書くことです。既成の用語で安直に間に合わせたのでは、類型的な句にしかなりません。

句の言葉は、既製服ではなく、時間がかかっても、内容にフィットする自分だけのサイズを選ばなくては、作者自身の作品とは呼べませんし、新鮮さも期待できないでしょう。ことに、身近な流行語などは、一般の言葉より古びるのも速いということに留意してください。

また、既成概念へのとらわれも禁物です。自分の目で直接確かめもしないで「空は青い」という類で、これが観念の弱さということです。本当に青いか、そうでないかは、自分でじかにとらえるべきことで、「句はあたまで書かず、目で書く」といわれるゆえんも、ここにあります。

さらに、たとえ青かったとしても、すぐ「青い空」と限定してしまうより、その青さをも含めて、読者の連想を呼び起こすためには「空」とだけいえばよいのです。前にも記した句のひろがりを求めるには、いたずらに修飾語を用いないことも大切で、「形容詞は名詞の敵」(C・リーガー)という言葉もあります。

川柳は、歴史的に口語発想の文芸として発展してきましたが、時には文語を用いる必要も生じてくるでしょう。前後の音数関係という純粋に形式上の理由もあるでしょうし、また文語には、口語ではのぞめない余意・余情を引き出すことや、力強さを感じさせる利点もあります。

決定的瞬間に死すカメラマン

普賢岳噴火の際の殉職カメラマンの死を、緊迫感をもって描いたこの句では、動詞「死す」の文語用法がきわめて効果的です。（なお「決定的瞬間」はフランスの写真家カルチエ・ブレッソンの言葉ですが、この句はそれを見事に活かしています）

形象化で特に留意しなければならないのは、猥雑・卑俗な用語を避けることと、次に記す「差別語」と称される一群の言語にも注意を払うことです。

6 「差別語」を避ける

差別語については、こまかく説明する紙幅はありませんが、人種・階級・職業などに関して差別的観念を表わすような語句や表現を避ける（歴史的記述などには例外もある）ということです。

例えば、国際関係用語では、「北鮮」という国名を使わず、朝鮮民主主義人民共和国（略称・北朝鮮）とする、障害者関連用語では精神的、肉体的欠陥を直接指すような語句（きちがい、つんぼなど）、職業関連用語では、人夫・漁夫・百姓・土方など蔑視を連想させる語句、隠語・スラングの類では、サッ・デカ・ドヤ・チャリンコなど、また差別語ではなくても、いちじるしく品位の疑われるような語句や、読者に不快感を与えるような言葉遣い、さらに特定商品名（トレードネーム）などは、新聞記事でも「禁止語」とされていますし、作句用語としてももちろん適切ではありません。

以上、見入れ—趣向—句作りについての留意すべき点を、順を追って記しましたが、多少抽象的に過ぎたかもしれません。ここで足りない分は、次項の「チェックポイント」と照らし合わせて理解していただければと思います。

正岡子規が初心者へのいましめとして「巧みを求むるなかれ」「拙《せつ》を覆うなかれ」といっているのは、まさに至言で、はじめからうまく作ろうとか、へたなところを見られたくないと考えるのは、誰にも共通した自然の思いではあるでしょうが、こうした文芸の上達には、それがいちばん禁物だということです。

尻込みをしないで、自分の句には進んで意見、批評を求め、かたわら、自分以外の作家の作品によく目を通すこと、これが上達へのいちばんの近道と心得てください。

自作のチェックポイント

さて、一句はできあがったものの、それが時事川柳以前に、そもそも川柳としての条件を満たしているものかどうか、よい句なのか、そうでないのか、よいとすればどこがよいのか、そうでないとすればどこが足りないのか、推敲をせよといわれても、どんな点をどうすればよいのか、自分ではなかなか判断がつきかねるでしょう。

何の欠点もない完璧な作品などというものは、滅多にありません。どんな作品にも、多かれ少なかれ欠点はあるものですが、それが表面からはっきり目立つか、見過ごされる程度のものか、その差が初心者と熟達者の違いともいえます。

そこで、作者それぞれが自作をチェックし、自己診断するためのいくつかの目安（推敲の基準）を掲げておきましょう。

1 解説型（説明型）になっていないか？

「何がどうだ」という形をとり、初心作品にもっとも多いタイプで、物ごと、とりわけ自明の事がらを解説（説明）しただけにおわっている句。たとえば、

政治家の駆け込み寺は大病院

というと、一見風刺的には聞こえますが、実はもはや常識化している事実を説明したに過ぎません。誰もが当然と考えている事がらを、こと新しく言い出しても、句の材料とはならないということ

です。

「病院＝駆け込み寺」は、すでに自明のこととして、一句を描写体に変え、

検察は駆け込み寺へ使者を立て

とでもすれば、一応それらしい形になるでしょう。

２ 報告型になっていないか？

「何がどうした」という形をとり、新聞の見出しそのままのような、ある事がらを報告しただけでこと足れりとするタイプ。

たとえば、

連休の疲れ残れり大あくび

では連休で遊んだ疲れが残っています、そこで大あくびをしました、というだけの報告に過ぎません。こんな平凡な題材でも報告型を避け、次のような言い方に変えれば、動きのある作品になります。

大あくびして連休を締めくくる

3 因果型（理屈型）になっていないか？

「何したらどうなった」という形をとり、物ごとの因果関係、原因と結果だけの内容になるのがこのタイプで、「ゴモットモ川柳」とも呼ばれます。つまり、一句全体が理屈になっているということです。

気配りも程度過ぎれば嫌われる

「気配り」という言葉がはやったころ、それを軽く皮肉った句ですが、「過ぎれば」（原因）と「嫌われる」（結果）が理屈になっているのが欠点です。この場合は、中七の因果型を「描写体」に変えれば、そのまま佳句になります。

気配りも程度が過ぎて嫌われる

4 独善型になっていないか？

作者が個人的には興味があっても一般的ではない事柄や、一部の仲間うちだけの俗にいう「楽屋落ち」を素材にした①身辺日記型と、自分だけの考えや言葉を第三者に理解させようとする②押しつけ型は、ともに初心者に多いタイプ。

江戸川のさくら金町公園に

これでは単なる葛飾区の地域ニュースで、いわゆる身辺日記型です。少しひねりとユーモアをきかせて。

・細長い公園になる桜土手

地名・人名は特に独善になり易いので、注意を。

秋風に食欲そそる栗ごはん

食欲をそそるのは栗ごはんに限らず、個人的嗜好に偏ると、必然性のない押しつけになります。これも風景化して、

・栗ごはんなどもいいねと栗拾い

独善は、自分で気がつかないうちになることが多いので、繰り返し自問自答が必要です。

5 詰込型になっていないか?

一七音という限られた容器に、何でも詰め込もうとするタイプですが、結局は散文的になったり、混雑するだけで、言いたことが何も言えないか、意味不明になりがちです。

あれも言いたい、これも言いたいという作者の気持ちが分からないではありませんが、選択し、焦点を絞り、切り取る――その作業を経なければ、短詩型にはなりません。

マスメディア　セックスのノウハウを安売りし

流行のカタカナ語が三つ、一応は現代社会への風刺という内容は盛り込まれていますが、これではどうにも句調が悪すぎる、というより、ほとんど散文といってよいでしょう。

作者としては「安売り」の「安」に力を込めたかったのでしょうが、それをひとつ我慢すれば、原句の二〇音から簡単に定型になるのです。

セックスのノウハウも売るマスメディア

6 説教型になっていないか?

時事川柳では、これが「一言居士型」「小言幸兵衛型」として現われることが多く、何かにつけて叱りつけ、キメつけるタイプです。自分を埒外に置いて、他者ばかりを批判するという態度は、それが仮に正論であり、賛成しうる意見であっても、第三者をシラけさせ、作者ひとりが正義を説く導師を気取っているような「いい気な」印象だけしか与えません。

前項でも触れましたが、この種の句は、そもそもの発想、対象へのスタンスから改めないと、文芸として時事川柳からは逸脱したものになり、推敲も添削も成り立ちません。

風刺と説教とは、違うということです。

7 標語型、諺語《げんご》型になっていないか?

説教型に似ていますが、これは一句がある種のスローガンかキャッチ・フレーズに類する呼びかけ口調、シッタ口調に終始するタイプです。

自民党襟を正して起立せよ

これは、説教型でもあり、標語型でもあります。まことにもっともな意見ではありますが、こう頭から決めつけられたのでは、同じ側に立つ国民の方も、苦笑いするしかないでしょう。これはやはり、文芸や文学以外のものです。

防災の日でない日こそ防災日

災害に対する普段の心掛けを呼びかけるポスターにならお似合いそうで、「日」を三つ重ねた語調がよいだけに、ことさら標語的な印象を受けます。これでは、内容的にもただの理屈で、やはり川柳とは言いにくい形になっています。

同じ趣旨のことを、観念としてではなく、風景化して描くことによって、はじめて文芸たりうるのです。

防災の日を教わってくる園児

8 詠嘆型(慷慨《こうがい》型)になっていないか?

第三者にはそれほどとも思えないことを、しきりに詠嘆したりまた悲憤慷慨するタイプで、一種の独善に属します。人間には感激型だの、多血質、激情タイプなどがありますが、それをムキ出しにしたのでは、読者は戸惑うばかりです。表現用語に、意味もなく「や」や「かな」を用いるのも、この型の特徴です。

愛かれて銭金となる浮世かな

これは時事川柳ではありませんが、作者は世間一般のドライな風潮を嘆いているのでしょう。しかし、昔も今も変わらない「金の世の中」をいまさらのように「浮世かな」などといってみたところで、そらぞらしさだけしか感じさせないでしょう。

こうした時は、安易な主観導入を避けて、客観的に突き放したスタンスを心がけるべきです。

愛涸れて結局のこる銭と金

9 空想型になっていないか?

作品のうえで「虚実」や「カリカチュア」（次章参照）のような非現実の風景が効果を挙げ得るのも、それ以前の目が、素材となる対象や、物ごとの本質をしっかりととらえているからです。多分そんなところだろうといった安易な物のとらえかたでは、どんな技法や形式をとっても、説得力のある作品はできません。

現実の経緯をじっくり視つめ、これからの展開を予察することは、時事川柳作家に課せられた枢要な心構えですが、それは単なる空想とは異なります。

エノケンの笑いにつづく暗い明日《あす》

当時、浅草で人気を博していたエノケン劇団のドタバタ喜劇、絶え間なく沸く爆笑の向こうに「暗い明日」つまり日中開戦という破局を予見したのは、作者・鶴彬《つるあきら》の空想や思いつきではなく、冷徹な現実凝視から引き出されたむしろ信念であったでしょう。

単なる空想では、決して人の心を動かさないということです。自分の目で、たしかな現実をとらえる――これは、なにより基本的な作句者の心構えでなくてはなりません。

10 語戯型になっていないか?

内容があって、言葉があるのが普通ですが、これは言葉そのものにおもしろさを求め、シャレや縁語や語呂合わせに興じる、いわば言葉遊び、狂句に類するものです。川柳といえば、ただ面白おかしいことを言えばよいという古くからの誤った考えの名残りですが、川柳のユーモアと、駄洒落やジョークの笑いとは違います。また、ことさら卑猥な題材や卑俗な言葉づかいで、次元の低い笑いを誘おうとするのも、語戯型の一種です。

国民は値上げ値上げで音を上げる

この句には、それなりの内容はありますが、ユーモアというよりは発想そのものにフザケが見え隠れしていて、共感のうなずきにはためらいを感じさせます。

小錦といえども実は大錦

この句のもとをなすのは、大と小という反対語を対照させて笑いを呼び出そうとする意図だけです。大きくても小結、小さくても大関、うしろに居ても前頭、外に出ても幕の内、など幾らでも出て来そうなこの種のナゾ掛けやトンチ問答の類は、文芸の内容にはなりません。

小錦の大きさを実際に見てのおどろきというのなら、それなりの素材になりますが、あたまの中で、言葉だけを組み合わせても川柳にはならないということです。

小錦の向こうが見えぬ砂かぶり

◉

自作のチェックポイントはおおむね以上で尽きますが、さらに絞り込んでの留意事項は、次章「3 S」の項で記します。

「題材は新鮮か?」「目の角度に誤りはないか?」「句調はよいか?」――これは、料理で言えば、材料―調理―盛りつけにあたる最も基本的な要素であると心得ておいてください。

そこで、最後にもうひとつ大切なことが残っています。

11 表記はよいか?

川柳は言葉によって表現されますが、耳から聞くより目で読まれることの方が多く、文字という視覚的、空間的性格に負うところが少なくありません。

ここでいう表記とは、普通の漢字・仮名遣いのことではなく、「表現としての表記」です。もちろん、誤字脱字、慣用、誤用、当て字の類や、仮名遣い、送り仮名の過不足などに心を用いるのは当然のことで、それは、ここでいう表記以前の問題です。

聴覚的には同じでも、漢字・平仮名・片仮名のまじり具合や配置・配合によって、かなり異なった印象を与えるのが日本語の特徴で、まして文字数の少ない短詩型においてはなおさらのことです。作品を文字に写し取るに際しての工夫のあるなしは、だから大げさに言えば、句を生かすか殺すか、作品価値にまで影響を与えかねないということです。

同じ読み方でもイメージの違い(例えば、顔、貌、皃、かお、カオ)があり、またニュアンスの違い(例えば、合う、会う、遭う、逢う、遇う)がありますから、無頓着にどの字を用いても同じという考え方ではなしに、しっかりとした意図をもって、漢字なり、平仮名なり、片仮名なりを選択してほしいのです。

これを、古い言葉で「字眼《じがん》」（視覚）効果といいます。

ニセ預金ニセこしひかりニセ証書

三つの事件を対句的に並べたこの句は、耳で聞いても快い響きを与えますが、文字で見ると、三つの同じ片仮名「ニセ」が字眼効果となって、視覚的におもしろい句になっているのが理解できると思います。

作品ができたところで気を抜かずに、作句と同密度の慎重さで個々の文字を選び、最も効果的な表記を心がけてください。

第四章　時事川柳の技法

「時事」をどうとらえるか

「時事川柳」というときの「時事」をどうとらえるか、をまず考えてみます。

時事の曲線

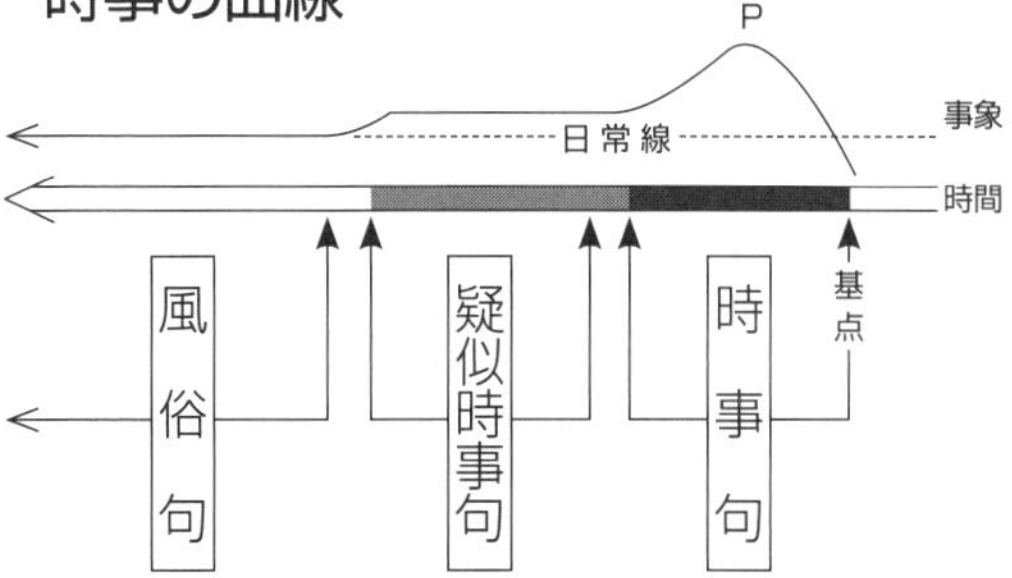

「時事」の「時」は現在、「事」は客観的事実を指し、「時事川柳」とは、眼前に生起するアクチュアルな事象を、ある限定された時間の中でとらえる句ということになりますが、では、「限定された時間」とは、どういうことでしょう。

上の表を見てください。

横は時間軸で、曲線は時間軸を推移する事象への一般的関心度を示します。「限定された時間」というのは、対象に向けられる一般的な関心度がピーク（P）にある時で、それより早すぎても遅すぎても、時事性は弱くなります。

衣服の流行などは、そのつど異なったカーブで最盛期を迎え、また下降（風俗化、日常化）していきます。酒・タバコ、公共料金の値上げなどは、その改定の前のほうが関心が強く、上がってしまうと急激に惰性化してしまいますから、むしろピークは前倒しになります。この「事」と「時」とが、曲線の高い部分で結合したものが「時事性」であり、結合させるのが「時事意識」ということになります。

「時事」というときの「とき」の幅は、だから決して広いものではなく、それにともなう「こと」への一般的関心も、そう永くはピークにとどまっていないということです。作句の時機が、前後どちらにずれても「時事性」は薄弱となり、そのぶんインパクトも弱くなります。

上の図に示したように、同じ時系列でも、曲線が下降をたどり水平に近づく過程と水平に転じたものを、それぞれ「擬似時事句」「風俗句」と、私は呼び分けています。

この「時事川柳」と紛らわしい「擬似時事句」や「風俗句」が時事として扱われている例はたいへん多いのですが、これは改められなければならないでしょう。

ところで、これまで「関心度」と書いてきたのは、世間一般の平均的な関心の度合いのことですが、本来は誰もが同じとは限りません。作者にも個々の「関心度」があるわけで、「時事川柳」はいうまでもなく作者個人の関心度の産物ですが、これが客観性をもって平均的関心度と重なり合ったとき、はじめて作者と読者は、共鳴と連帯の握手を交わすことになります。

作者ひとりが時事性を強要しても、平均的関心度がそれを受け入れなければ、作品としての「時事川柳」は成り立たず、単なる独善とみなされることも、ままあります。これは、冗談などで笑いに誘うのに似ています。タイミングのよい冗談は一斉に笑いを引き起こしますが、「間」があとさきにずれると、同じことを言っても、その効果がありません。

「時事性」というのも、つき詰めれば自他のタイミングをはずさないということです。

作者の態度を明確に

時事川柳というのは、絶えず新しい対象を求めて、ナマの時代相を反映することで、同時代に生きる読者の端的な共鳴、共感を得ようとするものですが、それはもちろん、一時的な現象報告ではありません。深い洞察と的確な認識を踏まえた作者の「態度」に裏打ちされて、はじめて作品たりうるのです。

単に新聞の見出しを引き写しにした「時事」ではなく、現在流動の中にある事象をとらえて、それに作者の態度が注ぎ込まれた「時事」を、作品の対象とするのが時事川柳です。

時事川柳には、しがたって事象に対する作者自身のアングルあるいはスタンスというものが明確にされなければなりません。ある事実があったというだけで、作者がそれに反対なのか賛成なのかも分からないのでは、ただの時事報告に過ぎないでしょう。

例えば、「消費税」や「ＴＰＰ」問題を取り上げるのでも、作者がそれに反対なのか、賛成なのか、それも積極的なのか消極的なのか、あるいはどちらでもよいのかによって、作句の角度は変わってきますし、句のうえに現われる姿は同じように見えても、その奥にあるニュアンスの違いは、自然に感じ取れます。

といっても、時事川柳の場合は、常に否定的な立場に立つのが特性でもあり、肯定的な問題については、格別それを素材とする必然性もないわけです。

作者の態度が、当面の事象に対して絶えず批評的もしくは批判的な角度で臨むことから、時事川柳は一般に風刺的な姿を取ることになります。というよりは、「時事川柳」と呼ぶ時の「時事」は「時事風刺」の意味であると理解していいと思います。

時事風刺の前提となるのは、何よりもまず客観的で的確な対象の把握であり、これがすべての出発点になります。

次に、風刺の根底に据えられるのは、いうまでもなく批評（批判）精神です。作者は、だから単なる第三者や傍観者の位置に甘んじてはいけないのですが、といって反面、過度の主観性は一方通行になりやすく、逆に作品としてのアピールを欠くことになります。

政治や社会を批判するという場合、いちばん注意しなければならないのは、「一言居士」や「小言幸兵衛」にならないということで、これは前章でも触れました。妥協のない目は、ひとしく自分自身にも向けられるわけですから、一方的に相手を叱りつけたり糾明するだけで、自分は別といった身の置き方や、自分だけを甘やかす態度は許されないのです。

仮に、総理大臣が頼りにならないことを指弾しても、そういう人物が総理に選ばれるような政治システムに甘んじている国民の側の責任はやはり免れないでしょうし、欠陥だらけの社会を嘆いても、現に自分がその社会を構成する一員であることから逃げ出すわけにはいかないのです。

政治をけなし、社会をそしることは、同時に自分自身をも傷つけることになります。批判は、当然自分にもはね返ってくるもので、どんな場合も「自分だけは別」ではあり得ないのです。「風刺は両刃の剣」といわれるゆえんです。

風刺や批判は、したがって自分もまた傷みを感じることで、はじめて成り立つものと心得なければなりません。

主観に偏ることのない客観性を維持しつつ、そのうえで、自分の立場や態度を明確にするというのは、なかなか容易なことではありませんが、そこに時事川柳のレーゾンデートル（存在理由）があり、作り甲斐もあるということができましょう。

時事川柳の3S

風刺表現の根底や回路をなすのは、前記の批評精神をはじめ、アイロニー、セルフ・アイロニー（自虐）、ウイット、シニシズム、エピグラム（寸鉄性）、ユーモア、ブラック・ユーモア、ペーソス、エスプリなど、さまざまな要素がありますが、それらを駆使しての基本的な方法論に入る前に、ぜひ銘記しておいていただきたいのが次の三つの要点で、私はこれを「時事川柳の3S」と名づけています。

SPEED(瞬発力・即応性)
SENSE(発想・視角・趣向)
STYLE(形象化・完成度)

時事川柳を最も時事川柳たらしめているのが、この3Sです。以下、それぞれについて記しましょう。

◇スピード (SPEED)

スピードというのは、句作りの速度ということではありません。物事に対する対応の速さ、即応性を指したものです。これを可能にするのは、感覚的な鋭さというよりは、日頃からの心の構え、いかに油断なくレーダーを張りめぐらすかの周到さにあると、私は考えています。

同じ事象、同じテーマをとらえても、立ち後れると、その分だけの時事的な価値が落ち、さらに時がたてば、いわゆる「くさる」状態になります。そのため時事川柳には、特に動く対象に対する瞬発力、動体視力とでもいうような能力の体得が要求され、これが一般の川柳と異なる最も大きな特性でもあるのです。

他の二点(センス、スタイル)、つまり発想、視角、趣向などのプロセスや句姿・句調などの形式的完成度は、通常の作品にも共通の要素ですが、それに加えて、時事川柳には特にスピードが要求されるということは、眼前に流動する事象を、「今」という時点で「点」としてとらえる即応性が必要だからです。

センス、スタイルが完全でも、事象と作品の間に時差があっては、時事句としては完全な作品とはいえません。したがって、時事川柳にとっては、他の2Sよりさらに大事な意味を持つのが、このスピードのSだということができます。

流動の中で、次なる動きを予知できるほどにレーダーを磨き上げておかないと、眼前の「今」にすぐさま対応できません。例えるなら、相手の剣が動いてから構え直したのでは、もはや遅いということです。

もちろん、この瞬発力をどう形象化に結びつけるか、どう類型を越えるかなどは「センス」の問題であり、また定型詩として成り立たない「スタイル」でははじめから作品とはいえませんが、他の二点が不満足な場合でも、「スピード」という一点で句を支え得ることはあります。しかし、その逆はありません。

スピードこそ、すべてに優先するということです。

◆ センス（SENSE）

時事川柳というものが、単に政治的、社会的な素材を取り込んだだけの作品という意味でないことはすでに記しましたが、目前で現に動いている事象から、その典型（象徴的な部分）だけを引き出し、それを切り口として提示して見せる（説明するのではない）のが、センスです。

したがって、線(時間)を線としてとらえるのではなく、線を点に還元して取り出すという操作が必要になりますが、この過程で、情緒的空間(たとえば同情や憎しみといった個人的感情の介入)は極力カットされなければなりません。

流れが固定してしまったり、また反復する対象は、「時事」とはいわず、「風俗」とみなされます。「時事」とは点であり、「風俗」とは線であると認識してください。

社会記事的な句が、政治的な句よりむずかしいのは、社会的対象は点としてとらえにくいことが多く、ともすると単なる風俗句に埋没する危険があるからです。しかも政治記事的な句は、批判的アングルを加えることでそれなりに成り立ちますが、社会記事的な句の場合には、出来事の種類によっては、批判以外の空間や作句上の「技術」、より磨かれたセンスを必要とすることがあるからでもあります。

センスもまたつき詰めれば、いかに本質を掴むかという〈目〉の問題に還元されます。

スタイル(STYLE)

どんなに鮮やかな瞬発力でとらえた素材でも、また発想や物の見方にすぐれたセンスを発揮しても、最後の仕上げである表現形式、文体がいい加減では、完成した独立作品とはいえません。

川柳の形式は、総音数一七音、その中で分割された音数のブロックを適宜に組み合わせて、律調ある一句に構成するわけです。必ずしも五・七・五の正格にこだわらなくても結構ですが、いたずらに音数が多く、散文のように冗長だったり、リズム感が全くないものは、川柳の形式とはみとめられないということです。

一音、二音の多いとかすくない（字余り、字足らず）をいうのではなく、多ければ多いなりに、少なければ少ないなりに、律文としてのリズムが工夫されるべきで、このことは、前章でも幾つかの例句を挙げておいた通りです。

形式というものがいかに大切かは、これまでに口から口へと伝えられ、また第三者の記憶に残るような秀作が、内容とともに、例外なく句調のよい作品であることをみても理解できると思います。

もちろん、スタイルだけ良くて、中身が空虚というのでは困りますが、いずれにせよ、スタイルは川柳表現の最後の関門で、ここで注意を怠ると、すべてが無為に帰するということを充分に心していただきたいと思うのです。

以上が、「時事川柳の3S」で、どの「S」が欠けても作品として完全とはいえないわけですが、といって、誰でもがはじめから完全を期するのは無理なことですから、これを努力目標として一歩でも近づく心構えで作句にのぞまれることを希望します。

表現技法 ―句案十体―

ここでは、時事川柳の考え方について、基礎的なパターンをいくつか挙げることにします。私は、これを「句案十体」（1対置法、2遠近法、3反転法、4喚起法、5寓意法、6虚実法、7転義法、8パロディ、9カリカチュア、10リアリズム）と名づけています。

1 対置法

平面や利害を異にする二つの事象を、等格に対置させることによって、アイロニー効果を求める二元的表現です。対置する両者の価値が異なる場合は、価値の高い一方を揶揄するかたちになり、ベルグソンが笑いの要素とした「価値の引き下げ」（下降的不調和）に類するものです。

水玉は褪せるパチンコ玉さびる

「水玉」は海部首相、「パチンコ玉」は土井社会党委員長（ともに当時）を標榜。一句を二分して、共通の「玉」をキーワードにした対置です。「褪せる」「さびる」の脚韻的な動詞の配合も効果を挙げています。

宮沢は好き宮沢は大嫌い

構成は前の句と同じで、「宮沢」という同一語を、説明なしの好き、嫌いだけで対置、当時の国民に人気のない首相と国民的アイドルに対する大多数の感情を代表しています。「宮沢」だけではわからない両者の区別が、対置することではじめてはっきりするのです。

弾便りちらほら混じる梅便り

こんな対置の方法もあります。「弾」の便りとは中東湾岸戦争の報道、「梅」の便りは一転して日本国内にそろそろ春が来たということです。どちらか一方を切り離していうより、絵をより立体化するイメージの映発が対置法の特色です。

また、いくつかの同種事件を、注釈なしで「併置」するのも、この技法に属する構成方法です。

医師のウソ看護婦のウソ妻のウソ

住は西　職場は東　墓地は北

2 遠近法

現在の事象を、より際立たせる方法として、過去の同種事象とパースペクティヴな視点から描く二元的表現方法です。時代を隔てた対置法といえるでしょう。

平成の疎開やっぱり火に追われ

普賢岳の噴火による平成の「疎開」が、同じ猛火に追われた昭和の「疎開」と遠近法で描かれることによって、第二次大戦を経験したものには、二つのイメージが相乗的な効果をもって重なり合います。

先代は戦死当主は突然死

現代社会の病弊「突然死」を近景に置いた直線の向こうに、戦争という暗い時代の犠牲となった「戦死」を見たもので、一家の歴史を「当主」と「先代」という二点で遠近法にとらえた象徴性が、普遍的風景にひろがります。これも、それぞれを単独で描いたのでは期待しえない陰影を彫り上げています。

国境の恋モスクワで燃え尽きる

岡田嘉子・杉本良吉の恋の越境（昭和一三年）を遠景として、眼前のソ連崩壊をとらえ、国の名とともに、過去の物語も忘れ去られていくというのを、両事件に掛けて「燃え尽きる」と叙したものです。

また、新ロシア発足に関しては、言葉の使い分けで遠近法をとったこんな言い方もあります。

日露から日ロを語る長寿国

3 反転法

短いものをいうことによって長いものを、昔をいうことによって今をイメージさせる、いわば反対

側からの照射による表現方法です。同じ手法は、古典句にも多く見られ、たとえば、

すもう場で気のない男頬つえし

頬づえをした「気のない男」一人だけを点景として描くことによって、その周囲の見物全体が大騒ぎをしている情景が、逆に浮かび上がってきます。これだけは別という反対のモデルを取り出すことで、その背景にある、それ以外のすべてを想起させようという反転法は、全体を漫然ととらえるより、一句の風景をクッキリと際立ったものにします。

芝居では一人も死なぬ日本兵

明治の日露戦争中の句。戦意高揚のため大劇場でまで上演された戦争劇では、日本兵の死ぬ場面は出てこないという当たり前の事実が、実際の戦場では多くの血が流されているという異常な事態を、改めて想起させます。この反転は「芝居では」の「では」という限定語法が機能し、それが「芝居以外」の現実を引き出しているのです。

「ほめ殺し」なども、反転法と構造的にも、また意図する効果も同じであるといえるでしょう。

同じような発想を現代の作品から取り上げると、

過労死がない横綱と自衛隊

負ければ休む横綱と、専守防衛をレッテルとする自衛隊を引き合いにし、きびしい現実社会の生存競争を標榜しています。これは「否定表現」とも呼ばれ、「ない」という否定は、実際には「ある」ことの裏返しです。

卒業式泣いているのは花粉症

いまどきの卒業式では誰も泣かない、ということを、例外的な反対モデルを引き合いに、諧謔を強調した風景に仕上げたものです。正面から直接的な言い方をするより、目に見える絵としての効果があります。

4 喚起法

反転法に似て、実際に表現しようとする対象を直接言わず、別の風景からそれを喚起させる技法ですが、反転法のごとく理論の回路を設けず、直覚的に読者の中に原風景を投射するのが、この技法です。

中二階そろそろ芋の煮えるころ

次に権力の階段を上がるニューリーダーと呼ばれる人びと（当時の中曽根、竹下、安部ら）に、ようやくその機が熟しつつある状況を、可視的な風景として描けば、こんな図柄になるでしょう。

音量が大きい第二バイオリン

これも「次の人」で、一時期の渡辺美智雄の放言癖を第二バイオリンの音量にたとえて、「顔が見えない」といわれた宮沢首相をめぐる政界地図を描こうとしたもの。新聞用語などは全く使われていませんが、その前後の状況の中で原風景はほうふつとします。

これは、一般的なサンボリスムの手法と同じですが、時事川柳の方法論としては、抽象的な曖昧さや情緒性を呼び込みやすい弱点と隣り合わせてもいます。

5 寓意法

ふつうに用いられる寓意法と同じで、比喩の一種です。もとの風景と、喩《ゆ》としての寓意的風景との間には、計算された論理が働いており、特に思想的なモチーフの表現技法として、昭和前期の鶴彬などが多用している方法です。

暁を抱《いだ》いて闇にゐる蕾

蟻喰いの糞殺された蟻ばかり

（連作「蟻喰い」）

前句の「暁」を革命の栄光、「闇」を解放前の暗い時代の暗示ととれば、「蕾」は被抑圧階級であることが分かりますし、後句も「蟻喰い」を資本家、「蟻」を労働者の寓意と見れば、一句の風景はおのずからはっきりしてきます。

白猫のひげに鼠の血なるべし

は、井上剣花坊の作ですが、「白猫」は白い手をしたブルジョワ階級、「鼠」は搾取されるプロレタリアートという図式に当てはめれば、これも容易に理解できます。

これらは、いずれもイデオロギー的作品ですが、同じ手法は、現在でももちろん有効に用いられています。

老酒にキムチほどよい酔い心地

「老酒」を中国、「キムチ」を韓国と置き換えれば、これがただ飲酒をたのしんでいる情景ではなく、両国家間の関係改善という国際的風景であることがわかります。

竹竿の先へ総理は巣を作り

竹下元総理の寓意として「竹の子」「竹やぶ」「竹馬」など、竹の関連語が時事川柳では多く考え出されましたが、この「竹竿の先」も、竹下派のリモコンのように見られた宮沢首相を指した寓意的な肖像画です。

猿芝居だけを残して猿は去り

「猿芝居」は、よく「国会」の比喩として用いられますが、それをサル年（平成四年）と二重に掛けて、「猿」は去っても、永田町のドタバタ芝居は依然として連続興行しているというおなじみの風景で、これはわかりやすいと思います。

6 虚実法

現実ではないが、いかにも現実らしく、真実ではないが、いかにも真実らしく風景化することによって、風刺的効果を挙げようという手法です。一種の「誇張法」ともいえますが、それにリアリティを感じさせることが大切で、川柳家の石原青竜刀《せいりゅうとう》は、これを「虚構のリアリズム」と呼んでいます。江戸時代末期に五世川柳が示した柳風狂句『句案十体』の五番目に「虚実」があり、「虚を実らしく言ふ」とあります。

年収の五倍でやっと墓を買い

ウソともホントともつかぬ虚実の微妙な問合いにおもしろさがあります。「真実と相対的関係によって、初めてウソが成立する」とか「ウソは詩の具体的な性質そのものである」とR・P・ブラックマー（米）も指摘しています。

二杯目は他国の飯をそっと盛り

一時、かしましかったコメ問題。「三杯目にはそっと出し」を利かせ、二杯目はアメリカの顔を立てて——というウガチですが、一軒の家でまさか日米二種類の米を炊くわけはありませんから、もちろん現実でないことは誰にも分かっています。それでいて、ふんぎりがつかないでいる日本政府と、何となくモヤモヤした気分の国民に「折衷案」でも提示するような口ぶりがいかにもユーモラスです。形式的には、あくまでもリアリズムの手法を摂るのがポイントになります。

コンドーム袋に詰めているサンタ

ありえないナンセンスな風景であるにもかかわらず、そんな風景がいやおうなく目に浮かんできて、その向こうにあるエイズ問題という現実が喚起されます。

ファックスで届く賞与のお品書き

ボーナスの現物支給という電機メーカーなどの苦肉の策を皮肉ったもので、もちろん現実ではありませんが、「お品書き」などという言い方に、トボけたおもしろさがあります。

7 転義法

「転義」というのは「義（意味）」を転ずる」ことで、いわゆる「比喩」のこと。広い概念では5の「寓意法」や、このあとの8「パロディ」、9「カリカチュア」もこの中に包含され、いわば詩一般の基本をなすものですが、ここでは川柳が伝承した江戸古典以来のすぐれた特性である「見立て」だけを切り離して一項としました。
「転義」には明喩（直喩）と暗喩（隠喩）があります。

村長のような総理ができ上がり

鈴木善幸（元）首相は、そういわれれば、そんな趣がありました。これが、明喩です。明喩には「ような」「ごとし」「みたい」「めく」「に似た」などの連結語があるので、見立てられる概念（原義）と見立てる概念（喩義）――この句の場合は「総理」と「村長」――が直接向き合うかたちになるので、読者に理解されやすい喩法です。
喩義（見立てるもの）が奇抜で、意表をつくものであるほど効果が高いことは言うまでもありません。

押し売りのような迎賓館の客

この「押し売り」は、コメやクルマのセールスマンよろしく来日したブッシュ米（前）大統領を指しています。加うるに、ブッシュという固有名を直接指示せず「迎賓館の客」といっているのもひとつの工夫です。ただ、作句の時期から時間が経つと、それが米大統領と即座に理解できなくなる弱点も共有していることに留意すべきでしょう。

本ものの銃をオモチャのように持ち

オモチャの銃を本物に見せかけての悪事というのはよくありますが、それと比べると、この句の怖さが実感として迫ります。

初日の出コメの形に見えてくる

「…の形に」といった用法も、直喩の一種です。やかましいコメ問題をはらんで明けた新年、初日の出までが「コメの形」に見えるというのは、おもしろいという以上に、切実でもあります。

参院選裏番組のまま終わり

盛り上がりのないまま終わった参院選を「裏番組」に見立てたもので、直喩なら「裏番組のように」というところですが、ズバリ「裏番組」といった、これが暗喩です。

自衛隊足踏みだけがよく聞こえ

PKO審議がもめ続けて、宙ぶらりんのまま進むも退くもできないでいた自衛隊の状況を、足踏みの「音」としてとらえた暗喩で、ほんとうに靴音が聞こえるようです。

ドラフトの第一球はストライク

最初の一発で怪物松井選手を引き当てた長嶋巨人軍監督のクジ運の強さを「第一球ーストライク」

といったもので、関連用語を巧みに用いています。

病院がデンデン虫の殻になり

物議をかもして司直の手が迫ると「入院」というのが大物と称される人びと（この場合は金丸元副総理）の常套手段になっており、病院を「駆け込み寺」と呼ぶことはすでに日常化していますが、そうした決まり文句を避けて、「デンデン虫の殻」といった視点の転換が、この句を新鮮にしました。危険を感じると、殻の中に頭ごと引っ込めるデンデン虫（かたつむりと言わないのもよい）の姿と当該人物の姿がみごとに重なります。

明喩も暗喩も、常套語化するのが速いという弱点があります。どんなおもしろい比喩も繰り返しになっては、もはや効果がないことは、あらためて言うまでもないと思います。

8 パロディ

この技法も用例はきわめて多く、成功したときの効果は絶大ですが、失敗例もそれ以上に多いということです。手法としては比較的単純なために、安易になりやすいのが理由と思われます。

古くは「本歌取り《ほんかど》」といわれたパロディは、換意と換形とがありますが、一般には成句、成語の形やリズムを借りて、耳慣れた語調で別の意味を盛る「換意」を指すことが多く、時事句に用いられるのも、これが圧倒的です。

吾輩は猫であるから謝絶する

これは、夏目漱石が文学博士の学位授与を拒絶した明治四四年の時事句（三輪破魔杖）ですが、漱石の有名小説「吾輩は猫である」を、一字も変えずにそっくり読み込んでいる作句意図がしゃれています。

大相撲春は曙いとをかし

横綱の曙がようやく頭角をあらわし始めたころ、いち早く発表されたのがこの句で、ジャーナリズムや本人が口にする以前に先取りした点に価値があります。『枕草子』の「春は曙」は、大相撲の春場所（大阪場所）を控えた寸前というタイミングをとらえなければ、パロディの効果がありません。「いとをかし」は、原文ではもちろん連続していませんが、この句の場合、なまじほかの言葉を用いるより、「清少納言用語」とでもいうべき口調そのままであることが成功しています。

以下、〈よみうり時事川柳〉入選のパロディから。

君の名は覚え切れない掲示板

参院選のミニ政党乱立。（ドラマ・映画「君の名は」）

スポンサーの好意で戦火拡大し

湾岸戦争のテレビ放映。（テレビの常套用語）

年寄りに冷や水が出るシャワー室

新都庁のシャワー室。鈴木都知事、八〇歳。（俗諺）

ベレー帽ところによって鉄兜

ＰＫＯ派遣隊。（天気予報の常套用語）

宇宙でもオタマジャクシは蛙の子

日本宇宙飛行士・毛利衛さんのエンデバー搭乗。（俗歌）

医学部の眠りを覚ます処方せん

大学医学部の不祥事。（幕末の有名落首）

これらは、よくパロディ効果を挙げていますが、反面、元となる成句や成語がありふれたものであると、いきおい同類が多くなるのもパロディの特徴で、たとえば湾岸戦争の折、どっと登場した軍事評論家について、同趣向の句がおびただしい数にのぼり、陽の目を見ないまま没句の山を築きました。

その中のほんの一部に過ぎませんが、

評論家見て来たように解説し　（同一句多数）

軍評家見て来たように解説し

評論家見てきたような講釈し

評論家見て来たような話をし
評論家見て来たようなウソをつき
中東を見て来たような評論家
湾岸戦見て来たような評論家

といった具合で、これではパロディの効果というより、短所だけが露出されたというしかありません。

9 カリカチュア

いわゆる「戯画化」で、6の「虚実」と通じるものがありますが、より飛躍、より徹底した風景に仕上げる点と、暗喩や寓喩を駆使する点が、リアリティを前面に押し出す「虚実」との違いといってよいでしょう。

亀の子のしっぽよ二千六百年

昭和一五年、全国的な祝典として国が音頭を取った紀元(皇紀)二千六百年を、冷ややかな目で戯画化した木村半文銭の作品。みごとなメタファーで、詠嘆を装いながらの揶揄です。

子を端《はし》に預金を中に寝る夫婦

古川柳の「子ができて川の字になりに寝る夫婦」を逆手に取ったパロディでもあり、現代家庭風俗の戯画化です。

宝舟あかつき丸とすれちがい

正月を控えてもちろん架空の風景ですが、一方が隠密航行の核廃棄物運搬船だけに、じわりとした怖さを感じさせます。

氷山がプカプカ浮かぶ永田町

「カリカチュア」は、抽象的な想念を可視的に描くとき、効果があります。

エイズまで一緒に留置してしまい

エイズ患者の留置という実際の事件を題材としながら、あらためて映像化されてみると、何となくおかしさが湧いてきます。ほんとうは笑えない風景なのですが。

拘置所で江夏金丸サイン会

荒唐無稽過ぎて、感興の外に置かれるか、その風景の向こうにある原風景とイメージが重なって、笑いの契機をつくるか、紙一重のところで勝負するのが、カリカチュア手法のスリルであり、醍醐味であるともいえましょう。

10 リアリズム

これは、1から9までの技法を用いない、ありのままの表現ですが、現象を漫然と十七音にしても、インパクトはありません。新聞の見出しのような平面的な表現ではなく、言語の背後にひろがるものが必要です。

そのためにはまず、しっかりした〈目〉と、的確な把握が要求されます。しっかりした〈目〉、的確な把握を可能にするのは、それ以前の心の姿勢、冷厳な現実認識、確固たる批判精神、緻密な分析力などが用意されていなければなりません。甘い目で対象をとらえたのでは、甘い作品しか期待できないということです。「リアリズム」を十体の最後に置いたのは、ある意味では、これが一番むずかしいと考えたからです。

国旗竿そろそろ縄が腐れかけ

日露戦争中（明治三八年）の句。旅順陥落の日の丸掲揚を待ちこがれる内地国民のいらだちが見事に描かれています。

こうした描写力も、「リアリズム」には欠かせない重要な要素となります。

百歳のアイドルがいる長寿国

事実そのままの内容をおもしろくしているのは、中七の「アイドル」であることはおわかりと思います。これは比喩というよりは、きんさん・ぎんさんを「アイドル」としてとらえた作者の物の見方、つまり〈目〉にあるといった方が適切でしょう。

　雲仙も定時ニュースの枠に入り

熱しやすく冷めるのも速い報道と、それにスライドする一般的関心の浮薄さに批判を投げかけています。

　一周年また湾岸へ飛べぬ鳥

テレビで見るペルシャ湾の汚染白鳥。そのあわれな姿が、戦争の非情と人間の傲慢さを告発しています。

　国会はしゃべってなんぼ寝てなんぼ

参院選に出場したタレントの「しゃべってなんぼ」をそのまま用いてリアリティを導入し、ついでのようなさりげなさで辛辣な下五を加えた手腕は確かなものです。

　半袖で胴上げをするライオンズ

夏のうちにリーグ優勝を決めた西武の強さが躍如としています。

人類の英知のはてのコンドーム

観念的ではありますが、リアリズムには変わりなく、誰も否定できない事実です。ここまで来た文明も、医学の発達も、しょせん一個のコンドームに及ばないという皮肉が批評が込められており、したたかなアイロニーともいうべきでしょう。

GNP支える手内職の拼《たこ》

GNPという言葉が使われ始めた当初の作品ですが、この作者の〈目〉は、きわめて冷ややかなことがわかります。

「リアリズム」には、周囲の動きに惑わされない冷静さと、客観的な視線が最大の武器であると結論してよいでしょう。

以上が、時事川柳に多く用いられる基本的な技法ですが、もちろん、これだけに限られるというものではありません。技法とはその時々のテーマに合わせて、どれを採るかを作者が自由に決定するものです。

それぞれの例句は最小限にとどめましたが、おおむねは理解していただけたと思います。

◉

ここで、一句の構成技法とは関係ありませんが、時事川柳にはしばしば用いられる固有名ことに

「人名」の読み込みと、「流行語」の読み込みについて、簡単につけ加えておきましょう。

Ａ 人名

一時期、時事川柳に最もさかんに登場した人名は金丸（元副総理）、クリントン（米大統領）、エリツィン（ロシア大統領）などですが、その折々の事件がらみや死去の際に、実名が読み込まれることはめずらしくありません。

川柳の中に実名を取り入れる場合は、「さん」とか「氏」など敬称をつけないのが普通です。呼びつけがあまり素っ気ないと思われる時は、その時点で当該人物を標榜する地位などが代用されますが、これは時が経つと、特定性を失うことがあります。たとえば、事件の渦中にある時なら、「金丸」といわなくても、「副総理」「西麻布」「ドン」などの代名詞が通用しますが、事件から遠ざかるにしたがって曖昧になっていきます。

時事として読み込まれる人名はおおむね有名人ですから、個人的な敬称は省いても、それが失礼と考えることはないでしょう。また、いたずらに敬称をつけていたのでは、一句が締まりませんし、音数的にも窮屈なものになります。

以下に、アネクドート（暗示的な代語）などを用いず、直接実名を読み込んだ例句をいくつか掲げておきます。

フセインが唄うブッシュの子守唄
ソ連消え嘉子去り核だけ残り
タイソンが後悔してるミスパンチ
金丸の庭から行ける三宅坂
きんぎんが居て王将の居ない国
ゴルビーの顔がふっくらして離日
霧島はひさしの外に張り出され
ダイアナの写真を仕舞う美容室
熟年にささやき残し和子逝く
黒猫とエリツィン隣りまでは来る
一茂が父に差し出す上申書
似顔絵のシワが要らないクリントン
宮沢という名にもあるポジとネガ
竹さんも竹ちゃんも載る速記録
一月に山開きする日馬富士
事件簿の先頭に立つ阿武松

リンリンのお悔やみにくる胡錦濤
イチローの後をイチロー追いかける
オグシオで発ちスエマエで帰国する
光ちゃんがでんぐり返る栄誉賞
長男は佑樹次男は遼がいい
親小沢ところによって反小沢

B 流行語

これは、絶えず生まれては消えていくかなり気まぐれな用語ですが、それだけに一面では時事川柳の必需品といってもよいでしょう。

流行語を用いる場合は、本来の文脈とは掛け離れた事がらとの取り合わせほどおもしろいということで、正面から流行語だけを読み込んでも、さほど効果はありません。

それにまた、流行語ほど古くなるのが早く、日常的な言葉の中で、それだけが古色蒼然と見えてしまうことが多いということも弁えておく必要があるでしょう。もともと使い捨ての性格を持った用語ですから、新鮮なうちにサッと用いることが賢明で、繰り返しは考えないことです。流行語使用には、したがって何よりもタイミングが要求されるということです。

以下は、最近の流行語(傍線)を用いた作句例です。

上申書裏から見れば領収書
ミツグクン日本一は佐川君
支持率はいくら待っても補填なし
一人横綱嬉しいような悲しいような
お花見の宴会もまた多国籍
代理母の代理は出来ぬ代理妻
医療費の伸びはエイズの前倒し
三回転半もお嫁の夢を見る
筋書きにないミンボーが待ち伏せる
アイドルのように出てくる霊能者
うす切りのレンガを拝むボーナス期
ベランダのホタルも連れて里帰り
ミスターへ少し気になるほめ殺し
税関の奥でマドンナ風邪を引き

教科書と同居しているコンドーム

棒読みの棒で支える不退転

彩の国偏差値だけがよく目立ち

静止画はハイビジョンでも動かない

国民に目隠しをする金屏風

「清貧」が受け印税で蔵が建ち

晩酌の内定を消す給料日

まんじゅうの皮で春闘我慢する

孤独死のように大臣辞任する

チルドレン過ぎた四年に来る四年

第3のビール支えるお父さん

使い捨てカイロのような派遣切り

名刺には消えるインクで正社員

然るべき時が総理に来てしまい

有権者鈍感力を当てにされ

アラフォーと四十男のニア格差

花見しておくりびと見て墓参り

バーゲンに妻の断捨離試される

例句はまだまだ際限がありませんが、あとは、第六章の「平成時事川柳傑作選」をお読みになって、それらがどの技法を採り、また、実名、流行語などをどう取り入れているかをお考えいただくのも、また興味があろうかと愚考します。

いずれにせよ、よい作品を少しでも多く読むことが、上達への欠かせない道程であることを繰り返し記しておきます。

第五章

時事川柳・一問一答

Q01 時事川柳はよく「消えていく文芸」などといわれますが、一過性の価値しか持たないものでしょうか。

この言葉は、第二次大戦後〈よみうり時事川柳〉の最初の選者であった川上三太郎が書いたものですが、時事川柳は「消耗品」という意味ではなく、もちろん私もそうは思いません。

「今」の積み重ねが時代をつくり、歴史をつくっていくわけですが、時事川柳は、その「今」をとらえるものです。「今」はつぎつぎに「過去」になっていきますが、消えていくものではなく重なっていくものです。「今」でなくてはとらえることのできない真実は、それが「過去」と名が変わっても、価値は変わりません。それは、その時その時の呼吸をしながら、生き続けます。

現に、その時代、その社会を反映して生き続ける時事川柳は枚挙にいとまありません。当時にあって「今」に向けられた作者の目がいきいきと伝わります。ただ、時間を超えて生きてきたそれらの句は、例外なく物事の本質をとらえているということです。

物事の表面だけ、現象だけを追うのではなく、その奥にある本質にまで目が届かないと、同じような現象は繰り返し起こるわけですから、時の経過に埋没してしまうということになります。

時事川柳の記録性は、その時その時の「今」を的確にとらえることによって、時が経つほど価値を高めるとさえいえます。ですから「消える」というのが、時とともに一般の意識から遠ざかるという意味なら、時事川柳に限らず、小説でも絵画でも音楽でも同じことです。一般の意識からは遠ざかっても、各時代の「今」が生き続けていることは確かなのです。

ほんものの時事川柳は、だから「消える」ことはないのです。

Q02 時事川柳に、破調は許されませんか。〈よみうり時事川柳〉でも、石原青竜刀選や楠本憲吉選のころは、定型を無視した入選句も多く見かけましたが。

一般の川柳においては、私も破調や自由律を否定していません。それらは「個」の要素が強く、作家個人の内面から屈折した回路を経て流れ出す言葉だからです。

しかし、時事川柳は「個」の表現ではありません。あくまでも対象は客観的事象であり、社会共通の関心事です。しかも、意図するのは、その社会共通の関心事を通して、心の連帯をかたちづくることです。誰もが言いたいことを代弁して、共感の輪をひろげるのが時事川柳で、一般の川柳を「縦の詩」とすれば、時事川柳は「横の詩」であるということです。

同じ思いの多数の読者に、こころよい共感や痛快感を与えるためには、文体にもそれだけの工夫が必要で、内容がよければ、どんな言い方をしてもよいというものではありません。また、どんな言い方でもよいというのなら、はじめから川柳の形をとる理由もないわけです。

内容が同じなら、ぎくしゃくした締まりのない文体より、舌ざわりよく、歯切れのよいものに越したことはありません。それには、古くから日本人の耳になじんできた定型か、それに近い律調に拠るのが最善ということができます。永い間かけて磨き上げられてきたこの固有の音数律を超えるものを、個人的に案出するなどは至難のことでしょう。

よく「千編一律」などといいますが、それは内容的な常套化によるもので、古い革袋にもいくらでも新しい酒は注ぎ込めるのです。時事川柳を社会の共有物とするためにも、誰の耳にも入りやすく、誰の心にもひびきやすい形をとることが大切です。そういう意味で、安易な破調に私はくみしません。

過去の選者には、むろんそれぞれの考えがあってのことだと思いますので、ここで論じることはいたしませんが、時事川柳の表現形式に対する私の考え方は、以上のようなものです。

Q03 時事川柳は、作句時と掲載時期とに時間的なズレが生じますが、作品価値という点で影響はありませんか。

週刊や月刊の刊行物ではもちろんのこと、唯一連日掲載の〈よみうり時事川柳〉でも、投稿者が作品を投函してから紙上に掲載されるまでに、短くても一週間のタイムラグがあります。作者―新聞社

――選者――新聞社という道程を経るあいだに、情勢が急変したり、継続が予想された事件があっさり落着してしまったりということは往々あります。

対象を「線」でとらえる風俗句などであれば、時間的なズレは感じないで済みますが、「点」でとらえる時事川柳にとっては、わずかなズレが致命的ともなりかねないこともあり、これが時事川柳に限って作者と作品に負わされた十字架ともいえます。

しかし、右に記したような物理的なプロセスを省くことのできない媒体を発表機関とする以上、残念ではあっても、これはやむを得ないことというしかありません。ただ、たとえ一週間遅れでも、時系列を追うわけですから、後のものが先になるということはありません。

今日のことが、今日なり明日に紙面を飾れれば理想でしょうが、それが無理となれば、あとは先着を競うかたちになります。作者の手を離れてから掲載までに、情勢が変わったというような場合は不運ですが、それ以外は、先着の利は紙上に反映していくわけですから、相対的に見れば、発表期はズレても句が古くなるということはないのです。

投稿に際しては、時差などを気にしないで、新しいものをできるだけ早い時期に提出することだけを心掛けてほしいと思います。

Q04 時事川柳は、その掲載紙の論調に反するような内容のものは、巧拙にかかわらず採用されませんか。

むずかしい質問のようでもありますが、実際にはそうしたことでジレンマが起こったとか、選者が迷ったとかいう前例がありませんので、要は自然体で行けばよいことだと考えます。

もちろん、各新聞にはそれぞれの方向性がありますが、時事川柳を投句するに際して、それに沿うとか、沿わないとかは、改めて考える必要はないでしょう。

特別に主義、主張を明確にした刊行物、例えば政党新聞とか、宗教関係の機関紙というような場合は、読者の投稿欄でも、その党のイデオロギーに反する内容や、宗門の教義に合わない思想は忌避されるでしょうし、また読者領域が定まっているこれらの刊行物に、わざわざそうした句を投ずる人もいないでしょう。

不特定多数の購読者を擁する一般紙には、さまざまな思想や主義の持ち主が投稿者であることに不思議はありませんが、大新聞のふところは、それほど狭いものではないでしょう。ためにするような特別な意図や、極端な作意が窺われるような内容でない限り、それが理由で不採用というようなことはないということです。

発行者の方針や主張がどうのというより、公器にふさわしくない発言だけに留意すれば、あとは常識の範囲内で判断すれば済むことではないでしょうか。

Q05 時事川柳にも、題材などの点でタブーとされるものがあるのでしょうか。

時事川柳に限らず、文芸というものは自由の上に成り立っています。左翼思想が弾圧されたり、反戦思想に反国家的という烙印が押されたりしたのは過去のことです。現在は、自由にものを言うことができる時代ですが、ただ、個人的な物言いと、公式な発表機関を介して多数の目にさらす作品の自由とは、少しニュアンスが変わってくるでしょう。

前にも記しましたが、差別語や、それに関連するような事柄、あえて人に不快感を与えるような言葉や内容、極端に卑猥であったり、悪ふざけが過ぎたり、妥当性のない個人攻撃、これらはやはり公の場にさらすべきではないでしょう。

皇室関係もかなり題材として現れますが、批判をもっぱらとする時事川柳に皇室批判が見られないのは異例とも思えますが、これはむしろ日本人的気質の問題で、遠慮とかタブーというより、それがごく自然のスタンスなのでしょう。自由といっても、ただの野放図ではなく、自由であるからこそ、一方では自己規制も必要になってくるということです。

格別なタブーはないが、おのずからなる抑制はあってしかるべきというのが、私の考えです。

Q06 悲惨な事故などは、関係者の心情を思いやると、題材にしにくいことがありますが、こんな場合には作句を避けたほうがよいのでしょうか。

どんな悲しい事故でも、新聞は記事にしなければなりません。新聞が記事にする以上、同じ内容を句にしていけないということはありません。

こんな場合、川柳独特のシニカルな表現が関係者の心象を逆撫でするような印象を与えることがないとはいえず、すると、「当事者の身にもなってみろ」といった投書が来たりします。

したがって、興味本位と誤解されるような浮ついた取り組み方はよくありません。作者が真剣な目で、悲劇の現象面にとどまらず、その本質にまで迫るとらえ方をするのであれば、この種の事件ほどしっかりと記録にとどめておくべきでしょう。

作句に際しては、涙はもちろん同情や感傷は、対象の正しい姿を見失わせる結果になります。あくまでも客観的に、冷静な目で本質を見極めること、その過程ではもちろん関係者の心情や思惑にこだわる必要はありません。

いかなる事象も、最終的には関係者だけのものではなく、社会共通の関心事であり、読者すべてのものだからです。

Q07 現在、時事川柳を専門に作っている作家は、全国にどのくらいいるのでしょうか。

「専門に」といっても、時事川柳の場合は、各地の新聞や雑誌に投句する不特定の人々で、その実数はつかめません。全国の結社や川柳誌に拠るいわゆる川柳人と称する作家たちとは、ほとんど重なり合わないアマチュアリズムによって、恣意的にひろがりを持ったのが時事投句者群で、その数もおそらく流動的なものと思われます。

総数はつかめませんが、時事川柳を「専門」とする作家数が逐次増加を続けていることだけは、まぎれもない事実です。

Q08 第二次大戦中に沢山生まれた戦争対象句を時事川柳と呼ぶことはできますか。

戦争期間中の「戦争」はもちろん時事の対象ですが、それが時事川柳となるためには、作者の在り方、態度の入れ方が問題になります。

新川柳は、歴史的に明治の日露戦争中に生まれ、その多くが戦時を対象としていますが、いわゆる際物で、敵や敵兵を罵るだけの悪態句は時事川柳とは呼びません。

白旗のぐるりに露兵うづくまり　呑吐坊

国の体制に同化して、戦争を謳歌する川柳はいわば翼賛句とでも呼ぶべきものであり、これは日露から四〇年後の第二次大戦中の川柳界も同様で、おびただしい数の戦句を産みました。

一機一艦一発を子も引き受ける

旗振りし手を旗に振り学徒征く

サイパンの雄叫び聞こゆ涛白し

いずれも、当時の第一人者・川上三太郎の句です。戦意鼓舞的なアフォリズムではあっても、時事川柳とはいえません。

戦争を批判的にとらえる時事風刺句はごく一部で、それも反体制の反逆行為とみなされて抹殺されました。鶴彬などがそれでした。

戦争批判が反国家的な犯罪とみなされる社会では、時事批判は判断停止を強いられ、本当の川柳は生まれる余地がなかったということでしょう。

Q09 時事川柳は、既成川柳よりランクが下であるという見方もあるようですが。

過去においては、そういう考え方が一般的でした。ランクなどというより、継子扱いされたり、中には「時事川柳は川柳にあらず」とさえ極言する向きもありました。けれども、これは必ずしも不当な見方とはいえなかったのです。昭和戦前までの時事川柳はそれほどひよわく、作句者も少数であったばかりか、技術的にも格段と見劣りするものでした。

既成川柳からほとんど相手にされなかった時事川柳が、無視できない勢いでその地歩を築き、独自の領域を固めていったのは、第二次大戦後の新時代を背景にしてです。自由な時代の風潮と、一斉に川柳欄を設けた新聞、なかんずく欄名に「時事」をうたい、第一面に連日掲載の紙面を割いた読売新聞の役割は、特筆されなければなりません。

一般に気まぐれで流動的な投句者群が、〈よみうり時事川柳〉を中心にした新聞川柳欄に定着、しだいに「時事作家」という名の作家群に転化していったのです。

時事川柳が、ジャーナリズムの片隅とはいえ、確実に社会から受け入れられ、それを「専門」とする作家が増加するに伴って、作品そのものへの試行錯誤の中から、技術的な面でもいちぢるしい進歩を遂げます。既成川柳からは出来損ないのように見られていた時事川柳にも、それ自体の新しい方法論が工夫されるようになり、独立のジャンルを形成していったのです。

現在の時事川柳は、もはや川柳の落ちこぼれではなく、同じ川柳でも「時事」という属性をレーゾンデートル（存在理由）として、れっきとした王国を築き上げたわけです。既成川柳の側でも、昔日のようにその勢力を無視することはできないでしょうし、よし無視したとしても、何ひとつ引けめを感じる必要もないまでに時事川柳は成長したのです。

いまや既成川柳と時事川柳の関係は、作家個々の資質においても、作品の完成度においても、ランクの問題ではなく、同じ地平に立つライバルということができます。

Q10 「サラリーマン川柳」は、時事川柳とはどんな違いがあるのですか。

「サラリーマン川柳」というのは、某保険会社が毎年行っているコンクールですが、多い時には六万を越す句が集まりました。この数だけを見ると、時事川柳の強力なライバルとも思えますが、決定的に違うのは作句者の技術と、作句に対する姿勢です。

まだ試行錯誤の状態にあった半世紀前の時事川柳のように、ジャンルとしての方法論が確立されておらず、作者も個人として正面に姿を現わしません。いわば、句があって作者のないアノニミティ（無名性）な恣意的表現が、逆に人気を呼んでいるともいえますが、内容的には、風刺的であるよりも揶揄的であり、時事性よりは風俗性が中心になっています。現在のところでは、ナンセンスなおもしろさはありますが、作者個々の文芸意識といったものは感じさせません。

これが、時代を越えて生き残っていくかどうかは、したがって疑問がありますが、その数と、一般へのアピールは、今後の展開次第では無視できない勢力となるでしょう。

投句の要点

世の中は絶え間なく動いています。予断を許さない国際問題、駆け引きに明け暮れる政界、流動のはげしい経済界、おもちゃ箱をぶちまけたような社会、どこへ目を向けても、時事川柳の題材には事欠きません。

そうした中から生きた素材を取り出し、一句にまとめる。句は時代への発言です。そこで、句ができたら、新鮮なうちに発表機関を求め、公の場で訴える――それが投句ですが、これは一方で自分の力のテストにもなります。

自分にどれだけの目が養われたか、どれだけの訴求力が身についたか、それを試すには、まず発表機関を設けた新聞や雑誌、マスコミに投じてみるのがいちばんです。

尻込みや躊躇逡巡は、せっかくの作品を腐らせるだけです。自作には自信を持って、賞味期限が切れないうちに巣立たせてやることです。投句には、思い切り、大胆さも必要です。

その際、投稿者には心掛けるべき点が、いくつかあります。

現在、日本中には数え切れない投稿者群がシノギを削っておりますが、応募の方法や投稿マナーという点では、必ずしも充分ではありません。自明と考えられるようなことさえ、守られていないのが現実です。

　あらためて一章を設け、要点を記すことにしたのは、わかり切っていると思われることが意外に実行されていないからで、これから投稿を志す方は、本章に一応目を通して、それから、すべての活動を開始していただきたいのです。

1 投稿規定を厳守すること

　これは当然すぎることですが、全部が全部守られているかというと、決してそうは言えません。新聞にせよ雑誌にせよ、各社それぞれの投稿規定を掲載していますから、まず、それをよく読むこと。

　用紙は「はがき」とあったら、必ずはがき（絵はがきは書く面が裏表になるので感心しません）で出すこと。封書やファックスは規定違反で、それだけで失格と思ってください。

　投句数の制限が明記してあったら、それ以上の句数を書かないこと。規定が二句なら、二句以内（一句はかまいません）とすることです。

　あて名も、規定にある係を正しく書くべきです。読者以外の飛び入り投稿者には、かなりいい加減なものがあります。また、規定に「○○係宛」と書いてあると、実際の投句はがきにも「○○係」「○○係宛」とだけ書いてくるものが少なくありません。文芸でもやろうとするなら、あて名に「御中」なり「様」「殿」をつけるくらいの常識は持っていてほしいものです。

2 はがきには句以外は書かないこと

規定に、年齢や電話番号、また氏名への仮名振りが指定してあれば書き添えるのは当然ですが、自分の句に感想や注釈をつけたり、発行所あてに前回入選の礼や選者への私信、また注意を引くつもりかマンガなどを書き入れて来るものがありますが、それらはただ煩わしいだけで、選考に際しては、句以外は読まれることがないと思ってください。

句の上に番号や「一、」をつけたり、句全体を「　」ではさんだり、句尾に「。」をつけたりするのも、目障りになるだけで、何のプラスにもなりません。

3 表記ははっきり分かりやすく

文字の巧拙ではなく、チマチマと小さい字、はがきから食み出しそうな大きな字、ぞんざいな崩し字、うすいインクで書かれた字などは、句の内容以前にハンデを負うことになります。

もちろん誤字、脱字にはくれぐれも注意してください。仮に内容のよい句でも、間違い字は興ざめにさせるものです。

筆記用具は、ふつうの濃さであれば、万年筆、ボールペン、鉛筆、毛筆、何でも構いませんが、文字はできるだけ楷書で、はっきりと書いてください。

文字を赤インクで書いたり、色を何種類も使って、よくいえばカラフルなはがきがありますが、作品内容以外で目立とうとしても、まったく意味がないこともつけ加えておきます。

特別の場合以外、句に振り仮名は必要ありません。

一句は、できるだけ一行に書くこと（二句なら二行に、三句なら三行に）がのぞましく、また読みよいようにという心づもりか句中に5□7□5とコマあきを作ったり、5、7、5と読点を打ったりするのも、鑑賞のさまたげになるだけです。川柳は本来、一呼吸で読み下す直立した一行詩であるということを忘れずに。

4 二重投句は作家の汚名

盗作は言うまでもなく犯罪にも類する行為ですが、自分の作品であっても、同一句を二ヵ所以上に投句することは、モラルに反します。発見されれば、もちろん取り消されますが、発見されなくても、自分自身はいつわれません。

せっかくの自作を「あてもの」扱いするような二重投句は慎んでほしいし、これがクセになって、作家としての誇りを永久に失ったりするのは、さびしいことだと思います。

ただ、自分では二重投句するつもりはなく、うっかり出してしまうことはあります。こうしたケアレスミスをなくすためにも、自作の記録はしっかり取っておく必要があるでしょう。句帳をつくり、投句先と日付を記しておくことは、自分の作品を大切にすることでもあります。

5 不真面目な匿名は避ける

作者があって、はじめて作品があります。作者を離れて放置された、糸の切れた凧のような言葉の断片では、作品とは言えません。作者は、作品との絆を大切にし、責任を持つべきで、自分の顔を出せないような作品は、作るべきではありません。

作者が、その責任をもって送り出す作品には、作者の顔が見える名なり号をつけるのが、鑑賞者に対する礼儀でしょう。なかには、とても真面目とは思えない極端な変名を見かけますが、これは「作者名」とは言いかねます。

必ずしも本名でとは言いませんし、ペンネームも結構ですが、すくなくとも、人前で口にできる名前が望ましいと思います。これは、作句に対する心構えの問題でもあり、あまりひどいものはその作句意図さえ疑わせます。当事者はへりくだりのつもりかもしれませんが、あまり極端なものは、逆にからかいの印象を与え、不快感を誘います。

結果において人をばかにし、自分をばかにし、作品までばかにするような変名で、句だけをほうりだし、自分は顔を見せずに蔭で舌を出しているような態度は、何よりもフェアではありません。自分の発言は、自分の顔で堂々としてほしいものです。作者不在の作品が、どんなに優れていたとしても

(こんなことはめったにありませんが)、それは空虚な言葉の切れ端に過ぎません。

匿名の投書や落首の類と、個人の主体性を持った文芸とは性格を異にすることを、作者自身は自覚すべきでしょう。作者名は、慎重に選ぶことをお勧めします。

6 継続こそ力

さて、一度投稿を始めたら、ぜひ継続してほしいと思います。一枚か二枚のはがきが没になると、それっきりやめてしまったり自分の力を見限ったりしてしまう投稿者も少なくありませんが、この種の投稿には粘り強さが必要です。

没になる理由も、作者のうかがい知れぬもろもろの事情があるのです。単純に作品が未熟であるという理由だけでなく、たまたま同材料の句が多く重なって、入選水準の句を惜しみながら落とすこともたびたびあるのです。

厖大な投句の中で相討ちになるほどの力なら、次の機会がきっとあるはずです。だから、ただ没になったという結果だけで、諦めてしまったり、やる気をなくしてしまったりするのは、自分を見きわめないで鉾《ほこ》を引いてしまうことになるのです。

また、辛抱強い反復は、自分自身の作句力の向上にもつながります。投稿の過程で技量を磨くこともできるのですから、常に期待と希望を失わずに、投稿を続けることをお勧めします。

7 投函前に再確認を

作品を書いたはがきや封書は投函することになりますが、ポストの口に落とす前に、もう一度、確認してください。

投稿規定に沿った書き入れはすべてなされているか、句の表記に誤字・脱字はないか、私製はがきだったら切手はちゃんと貼ってあるか……などをです。

というのは、私の経験だけでも、不注意と思われる投句はがきに往々出会うからです。あて名は合っているのに、他社への投稿であったり、かんじんな差出人(作者)の名が落ちていたり、ひどいのは表のあて名だけ書いて、裏は白紙のまま、投句するはずの作品が書いてないというはがきも、月に何通かはきっと混じっています。これは、はがきの表と裏をまとめて別々に書く多作の投句者なのでしょうが、いずれにせよ、投函前に一瞥すれば、かんたんに防げるミスばかりです。

熾烈な競争の場に出す前に、分身である作品に最後の愛情を注いでやってください。

テスト問題としての時事川柳

読売新聞社では、平成二年、同三年、同四年と、大学新卒者の採用試験問題で、編集・校閲・写真・業務・技術部門を対象とする「国語」（一般常識も含む）に、時事川柳が出題されています。時事問題への関心度や知識に加えて、凝縮された形（短詩型）の日本語に対する理解度を求めての出題と思われますが、引用された句は、すべて〈よみうり時事川柳〉として紙面に掲載された作品から選ばれています。

例えば、つぎのようなものです。

次の時事川柳はだれを念頭において詠んでいますか。その人物の姓名を漢字で書きなさい。

比例選いじわる婆さん今日は　（　　）
音羽屋の声を背にゆく黄泉の道　（　　）
鶴ヶ城困るときだけあてにされ　（　　）
二股ソケットで天国に灯をともす　（　　）
白粉が混じり地酒が濁り出す　（　　）

これは、平成元年一〇月に行われた「平成二年度・大卒入社試験問題」に組み入れられた「国語」（七〇分）のうちの一部です。

現在では素材的に古くなりましたが、ご自身の時事感覚を試す意味で、挑戦してみるのも一興かと思います。

三大紙の入社試験問題に、現代の川柳が採り上げられたのは、おそらくこれが初めてでしょう。時事問題のバリエーションとして、受験者の社会的関心や人名表記への正確さを、短詩型を通して探ろうとした試みはきわめてユニークです。

問題の形式は一種の謎掛けで、解答としては平成元年四月から九月にかけて、何らかの意味で話題となった五人の著名人の姓名が出てくるはずですが、この程度の想像力が働かないようでは、生きた社会を相手どる新聞記者としての資質にも疑問があるということでしょう。

新聞記者志望といえば、いわばエリートの部類に属する受験者たちと思われますが、そうした若い大卒者が、最終的にどんな解答を示したかは残念ながら分かりません。毎日の新聞さえ見ていれば出来そうな内容ですが、提示された形が散文ではなく律文（短詩型）であるという点に、当然戸惑いがあったと想像されます。

では、こうした形式に日頃から親しんでいる川柳作家なら何の戸惑いもなく容易に正解を出してくれるかというと、こんどは時事という内容が誰にでもスムーズな解答を許さないのです。これま

で試みた限りでは、

青島　幸男（テレビ「いじわる婆さん」の主人公で、参議院議員を辞退、再び比例選に立候補）

美空ひばり（六月二四日没、そのすぐ翌日の二五日には音羽屋・尾上松緑が逝った）

伊東　正義（ポスト竹下の総裁候補に担ぎ上げられたが固辞。出身・選挙区は会津若松市）

松下幸之助（四月二七日没。青年期に開発した二股ソケットが現パナソニックの出発点に）

宇野　宗佑（総理就任後、女性関係が明るみに。滋賀県の実家は造り酒屋、「栄爵」の醸造元）

という五つの人名を正確に答え得たのは、ごく少数でした。

いうまでもなく「伊東」を「伊藤」、「宗佑」を「宗祐」と書いても失格です。すべてとは言わないまでも、概して一般川柳作家は時事感覚に疎い傾向があります。しかし同じ川柳作家でも、時事作家であったら簡単に答えられたでしょう。絶えず頭の中にある事件であり、名前であるからです。

冒頭の試験問題に採り上げられた例句は、すべて私が〈よみうり時事川柳〉の選を担当していた当時の選句で、作品として見て、かならずしも全部が傑作とはいえませんが、時事川柳としては把握も表現力も確かといってよいでしょう。

直接には名を言わずに、周辺の事物や事象によって、間接的に特定の人物を標榜しようとする手法は、江戸川柳以来の伝統的なレトリックで、その例は殊に詠史的な句に多用されています。

五人目のドラは吾妻へ旅をさせ　（天明4）
焚き火代までゞ粟飯代がなし　（寛政1）
雨やどりまではぶこつな男なり　（天明1）
手の筋を見せて尾張へ道をかへ　（安永4）
駿河から先をお局しらぬなり　（天明7）

これらの古句を一読して、それぞれが在原業平、佐野源左衛門常世、太田道灌、日吉丸（豊臣秀吉）、春日局とわかるのは、多少とも江戸川柳に親しみ、かつ日本の歴史に通じた人でしょう。ただし、これらは難解句というのではなく、いずれも知識で解決できる句です。時事川柳は、社会的関心が薄くては理解できず、詠史句は歴史的関心が乏しくては解釈できないということです。江戸の古典川柳は、すでに教科書にも採り入れられ、大学、高校の入試テストにも稀ではありますが採用されてきました。そしていま、はからずも時事川柳が、新聞社の入社試験問題というかたちで、一般作品より一足先に市民権を得たといえなくもありません。

では、次の問題に移りましょう。

次の時事川柳を、年代順に数字で示しなさい。

(ア) 長生きはするもの月の石を見る　（　）
(イ) ピーナッツ百個おかしな領収書　（　）
(ウ) 地球より日本が青いガガーリン　（　）
(エ) 帝銀の名も消えて行く獄中死　（　）
(オ) メーデーは禁止アベックはよし皇居前　（　）

これは平成三年度の「国語」(その一)の問24です。この問題が、特に若い受験生に難物であると想像されるのは、かれらにとってはすでに年表的な歴史となった事件が含まれていることです。ボストークの打ち上げやアポロの月面着陸など、米ソの宇宙開発競争が世界中を騒がせたのは、かれらが生まれるか生まれる前の二〇余年以前のことですし、ましてや「皇居前」という言葉がメーデーの騒乱と結びついて特別な意味を持っていたのは、さらにそれより一五年〜二〇年前、また戦後いち早く流行した「アベック」という外来語も、すでに死語に近いものになっているからです。

間違えやすいのは(エ)で、これは昭和二三年の帝銀事件そのものではなく、死刑囚として四〇年間収監されたまま、六二年五月に死亡した平沢貞通被告を指しています。ということは、出題句の年代の幅が三〇余年にも及ぶということで、これを正確な年代順に並べるということは、現在の若者にとってそう簡単ではなかったと思います。

解答は、①㈹(26年3月)、②㈱(36年4月)、③㈠(44年7月)、④㈡(51年7月)、⑤㈢(62年5月)ということになります。

もう一つあります。

今年の「時事川柳」です。だれのことを詠んだものでしょうか。その名前を漢字で書きなさい。

漫画から抜け出し五輪へやわらちゃん（　　）
永田町ミッチー節が欠けて梅雨（　　）
天国でスキヤキソング流行り出し（　　）
「、　」打って人種差別を突き倒し（　　）
筋書きにないミンボーが待ち伏せる（　　）

これは、平成五年度の「大卒入社試験問題」国語その二の③です。平成二年度とまったく同種の出題ですが、引用句に直接的なヒント（「やわらちゃん」「ミッチー」など）の入ったわかりやすいものが選んであり、前者よりはだいぶ容易なようです。ただ、この場合は名前の表記を間違えないことが大切です。これは、あえて正解を示さずにおきましょう。

最後に番外として、こんな形の出題も可能であるかという私からの問題を提出します。すべて、平成四〜五年の〈よみうり時事川柳〉入選句です。

①王室の一輪挿しが枯れかかり
②うす切りのレンガを拝むボーナス期
③まんじゅうの皮で春闘我慢する
④二十球見送り砂を持ち帰り
⑤六年間待っても嫁の来ぬ農家

五句それぞれの句に読み込まれた単語から、連想される人名を挙げてください。

①一輪挿し　（　　　）
②レンガ　（　　　）
③まんじゅう　（　　　）
④二十球　（　　　）
⑤六年間　（　　　）

これらの句は、この種の用語を使う際の見本ともいえますから参考になると思います。解答は、①ダイアナ英皇太子妃、②阿部文男自分党代議士、③金丸信前副総理、④松井秀喜選手、⑤皇太子殿下、です。

時事川柳を心がけるほどの人は、日常から多方面に目が行き届いており、このレベルの時事問題であれば、そう骨は折れないはずです。

時事川柳の作句を志すということは、時事への感覚を絶え間なく磨き上げるということでもあるのですから。

第六章　平成時事川柳傑作選

川柳は「横の詩」

観光地などで絶景に出合うと、そばにいる見知らない人にまで思わず「いい景色ですね」と声をかけたくなることがあります。また、新聞で汚職の記事などを読んで、会社の同僚に「けしからん」と憤懣をぶちまけたくなることもあるでしょう。

自分一人の中だけにためておけない感動や怒り、もちろん喜びや悲しみなど、もろもろの感情を含めて、それを他に向かって吐き出すことで、同じ思いの連帯をかたちづくり、それが一種のカタルシス（感情浄化）につながる——ここに、川柳の社会性があります。誰でもが日頃から言いたいと思いながら、なかなか言えないでいたことを代弁して、「そうなんだ。それが言いたかったんだ」という共感を、多くの人から引き出すのが「横の詩」と名づけられる川柳のもっとも特徴的なはたらきです。

江戸時代の句には、いちいち作者名は記されておらず、読む人すべてがそれを共有したのです。市井に住む、名もない一人の庶民の生きる喜びや悲しみが、一七音という短い一句を媒介にして同じ境遇にあるすべての庶民のものになるということです。

そんなふうにして川柳は二百数十年、弱者の共感と連帯を生み出してきました。

以下は、平成元年（一九八九）一月から、同二一年（二〇〇九）三月まで満二一年間の《よみうり時事川柳》から厳選した作品集で、句として時事を代表する傑作というにとどまらず、この時代を生きた国民の意見を集約した「声」のエキスでもあります。

平成元年(1987)

昭和史を閉じるいろんな形容詞 ――― 鎧　文人(1月)

六三年という歴足を刻んだ昭和も、六四年一月七日をもって終焉、世は平成と変わったが、改めて昭和史を語ろうとすると、ありたけの形容詞を積み上げても足りない。「○○の昭和」などという言葉では括り切れない、この時代を生きてきた人の数だけ昭和があるのだ。

なお、作者の鎧文人は、赤羽で街頭川柳を主宰した達吟家志茂二郎(本名・井関謙=故人)氏である。

まさに、記念碑的作品である。

秒針は平成を指す呱々の声 ――― かしこ(1月)

新しい年号「平成」が初めて現われた、これも記念碑的作品。一秒の違いで「平成の子」として生まれる新生児。緊迫の瞬間。

その子達も、すでに成人式を迎えた。

作者松下佳古は、筆者の門人、長唄師匠。

回送の賀状昭和と書いてあり ——— 佐藤 一夫(1月)

前年中に出した年賀状だろうが、めぐりめぐって改元後に。作者は、時事川柳研究会二代会長、のちの風詩人。この句を読んだ時、茫漠たる記憶の中に、はからずも戦時中に眼にした前田雀郎選の一句(作者不明)を思い出した。

松過ぎて戦地から来る年賀状

春近し昭和が埋めた穴を掘り ——— 大房 富司(2月)

相も変わらぬ年度末風景。予算消化のため道路を掘ったり、また埋めたり。たまたま平成の地面を掘ったら、昭和の土が出てきたというわけ。「春近し」がいい。

介錯の面倒も見るリクルート ——— 神山 頓磨(2月)

不動産会社リクルートコスモスの未公開株バラマキをめぐる疑惑事件は、時とともに傷口をひろげ、党首を含めた与野党議員から官僚、財界首脳、マスコミ、文化人まで巻き込んで泥沼化。証人となった議員たちの「秘書が…」というフレーズが流行した。

また、この後の数年間に、「リクルートどこまで続くぬかるみぞ」という一字一句違わない投稿が、なんと一〇〇通を越えた。

江戸ッ子が一円玉を溜めて寝る――次男坊（4月）

四月一日からの消費税（三％）スタートで、小銭とくに一円玉の需要が増え、銀行には一円玉の両替機、デパートには逆両替機まで登場した。この年の一円玉製造枚数は前年比一・八倍の二五億七〇〇〇万枚。

「宵越しのゼニ」は持たないはずの江戸ッ子までが、せっせと一円玉コレクターに。

救急車呼べば戦車が来る北京――遠島流（6月）

六月四日、世界の耳目を驚かせた北京天安門広場事件。中国戒厳軍の武力制圧による学生、市民の死者一四〇〇人とも三〇〇〇人とも。

作者はのちに「北の旅人」から「河口世詞」と改名。遠藤窓外（岩手）実弟。

音羽屋の声を背にゆく黄泉の旅――小山勝巳（7月）

六月四日、戦後の歌謡界に君臨した美空ひばり逝く。その翌日、梨園の名家音羽屋の尾上松緑が亡くなったのを、歌舞伎十八番『暫』の舞台に擬えて、両者を惜しんだ趣向。

「この句の主人公は誰？」という問題が、のちの読売新聞社の入社試験に出されたが、あまり正解率はよくなかったと聞く。

平成2年(1990)

元年のトップニュースは壁と門　　――有薗　哲也(12月)

六月四日の中国・北京天安門広場における大流血と、一一月四日の東西を隔てるベルリンの壁崩壊。対照的な国外の二大事件で、平成元年は永遠に忘れられない年となった。

七つだけ昭和を送る百八つ　　――鈴木　福司(12月)

平成元年には「昭和」が七日だけ残った。この句は数の取り合わせに力点があると察せられるが、それ以上にこの「七」は重く、思いは深い。

ベルリンの壁もはいった福袋　　――阿知　東風(1月)

前年の一一月崩壊したベルリンの壁が、ビン入り粉末となって福袋に入っているかもしれないという、生き馬の目を抜く商戦を揶揄した、ありそうなウソ。

帰ろうよ千代がとっても強いから　　――岡崎　富輔(1月)

三月場所で、横綱千代の富士は一七回目の優勝、自らの記録を伸ばす。当たるところ敵なし。句は菅原都々子が歌った流行歌「月がとっても青いから」(昭和三六年)のパロディ。

代議士の夫が増えた総選挙　　――桜田　武(2月)

平成2年(1990)

二月一八日に行なわれた第三九回衆院選では、自民党が失地挽回して過半数を大きく上回り、社会党も一三六議席と大躍進したが、前年の参院選挙で話題になった「マドンナ旋風」が尾を曳いて、女性議員の進出が目立った。引き続く不祥事件が男性議員への反発を買ったことも理由の一つにはなろう。

跡継ぎがいない農家と新喜劇　――濃紫　菫咲(5月)

五月二一日、松竹新喜劇の藤山寛美死去。六〇歳。大看板の「アホ」を失っては、そのアナを埋める術もない。が、引き合いに出された農業はもっとひどい。農業基本法の蹉跌から、三〇年代末から過疎が始まり、三ちゃん農業という将来の展望を持たない状態のまま打ち捨てられている。

天下り易くなった新都庁　――成瀬　克美(6月)

新都庁のオープンが三年の二月九日だから、これは先取り句。税金の無駄遣いとも批判された総工費約一六〇〇億円。第一庁舎の高さは二四三メートルでまさに神殿のおもかげ。これだけ天に近ければ、天下りもしやすいだろう、と川柳子の眼は、早くもその先のイメージを描いている。

我が家でも廃案になるマイホーム　――唐沢　和歌(7月)

この年三月発表された世界の主な都市の地価(1㎡当たり)を見ると、パリが五万三〇〇〇円、ホノルルが四万七〇〇〇円なのに比べて、銀座でも新宿でもない東京・世田谷が一二五万円。これではマイホーム計画どころか、はじめから夢物語だ。「廃案」が泣かせる。

自衛隊足踏みだけがよく聞こえ　――北の　旅人(9月)

多国籍軍によるイラク攻撃に際して、日本政府の「国連平和協力法案」が自衛隊派遣をめぐって世論の激しい反発に遭い、資金協力だけにとどめたことがアメリカなどの不満を買い、「ショー・ザ・フラッグ」(人的貢献)を迫られた。このPKO審議がもめ続ける間、自衛隊は宙ぶらりんで進むも退くも出来ぬ足踏み状態。足音だけは聞こえたが。

湾岸に政府はのの字書くばかり　――阿久沢廉治(8月)

が、その間の事情をよく裏付けている。

万歳に振り付けをする即位式　――小坂　恭一(10月)

一一月一二日に挙行される平成天皇即位の礼に先駆けて、日の丸の振り方、バンザイの手の挙げ方など、差す手引く手を指導。しかし、自由の国の祝賀の仕方まであまり画一化すると、どこかの国みたいになってしまうのでは?

平成3年(1991)

大アグラかいてしまった消費税
――田中　大士(12月)

何しろあれだけ大騒ぎした初めての経済政策だったから、腫れ物に触るようにしてきたが、それも一年八ヵ月経ってしまうと、もう恐いものはない。何十年もやってきたように大きな顔で罷り通っている。

戦争が予約されてる年の暮れ
――竹内いさお(12月)

八月二日、突如クエート国境を侵犯したイラク軍が、三日には全土を制圧。アメリカを中心とする多国籍軍は無条件返還を要求、一一月二八日国連安保理は、イラクが翌年一月一五日までにクエートから完全撤退しない場合、加盟国の武力行使を容認する決議をおこなった。

水鳥の姿に映る地球の死
――馬場　友一(2月)

一月一七日未明、多国籍軍によるイラク攻撃の火蓋が切られた。以後四三日間にわたる湾岸戦争の惨禍は環境汚染にまでおよび、ペルシャ湾に流れ出した原油で全身油まみれとなり、飛び立つことも出来ない白鳥の姿がテレビ画像で報道され、哀れを誘った。

大相撲春は曙いとをかし
――西沢　隆久(3月)

春場所にはめっぽう強い横綱曙《あけぼの》太郎が、ようやく頭角を現わしはじめた頃の大阪場所。

「春男」の名で呼ばれ、のちには誰に聞いたか自分の口から「春は曙」とシャレるまでになったが、この句はそれ以前のオリジナル。枕草子のパロディで、「いとをかし」をわざわざ旧仮名遣いにしたところなどが凝っている。

公約がいちばん受ける四月馬鹿　――忠　兵　衛（4月）

この四月は七日の第一二回統一地方選挙を指す。注目を集めた東京都知事選は、自民、民社、公明が推薦した元NHK特別主幹の磯村尚徳候補が老齢の田中俊一氏に惨敗、音頭取りの小沢一郎自民党幹事長は辞任に追い込まれた。

同じウソなら、選挙公約がだから一番おもしろい。

ごらんあれが中流の上うちは中　――鈴木　寿子（4月）

一億総中流などというと聞こえはいいが、上流、下流と違って、川幅がやたらと広い。だから同じ中流でも、上と下では大きな差があり、しがみついていないと流されそうな中流もあるのだ。

真面目くさった口言葉が効果的。

先代は戦死　当主は突然死　――佐藤　一夫（5月）

高度成長期の働き過ぎが原因といわれる現代の突然死と、動乱の時代の戦死を、当主と先代という家系の二点に重ねて、パースペクティブにとらえた作品。時事川柳に限らず、遠近法は川柳創作の強力な武器。

平成3年(1991)

長寿には近いが長者には遠い　――遠藤　窓外(5月)

毎年発表される二つの番付。片や長寿番付で、おめでたい名前がずらり。一方は長者番付で、世の中の金持ちがずらり。わずか一字違いが大きな違い。高齢者社会だから、前者にはいずれ入れるかもしれないが、後者とははじめから世界が違う。

平成の疎開やっぱり火に追われ　――笙　の　笛(6月)

前年一一月に、約一〇〇年ぶりに噴火した雲仙普賢岳の噴火によって、五月一九日には、ふもとの島原市で一三〇〇人が避難した。この平成の「疎開」を、空襲の猛火に追われた昭和の「疎開」と遠近法的に重ね合わせることによって、二つのイメージが相乗的効果を伴って描かれている。「笙の笛」はベテラン作家・池田秋の月の別号。

決定的瞬間に死すカメラマン　――池島　照柳(6月)

承前。六月三日にはこれまでで最大の火砕流が発生、死者四〇人、不明三人を出したが、この中に、報道カメラマンがいた。カルチエ・ブレッソンがいう「決定的瞬間」に、彼はたった一つの命を懸けたのである。

島原に宿題のない夏休み　――平池よしき（7月）

承前。アングルを転じての小学校の夏休み。「宿題のない」にすべての思いが籠っている。

三億円大金だった頃があり　――建脇日出雪（9月）

昭和四三年一二月一〇日、白バイ警官を装った犯人が、東芝府中工場の年末ボーナスを盗んだ「三億円事件」の頃は、その額の大きさにみんながタマゲたが、以後何かというとこの単位が日常的になって、あれから二三年を経た今日では、誰もおどろかなくなった。

目次から又やり直すソビエト史　――菅沢　正美（8月）

三月、ワルシャワ条約機構の軍事機構解体に始まり、保守派のクーデター失敗など曲折を経て八月、連邦の共和国が次々に独立宣言、ソ連臨時人民代議員大会は、主権共和国による国家連合への移行を宣言して、九月には一九二二年創設のソ連の解体と消滅が決定した。

ソ連六九年の歴史は白紙に還ったことになる。

ソ連にもたちまち過去の人が出来　――城下　邦夫（12月）

承前。一二月二五日、ゴルバチョフ初代大統領は、国営テレビを通じて辞任を発表、過去の人となった。一年九ヵ月の在任期間だった。

平成４年(1992)

みちのくの秋にリンゴの歌がない――味　作　人(10月)

九月、一都七県を襲った一八号に続いて、九州から北日本を縦断した一九号と大型台風が連続、青森のリンゴ園は果実が落ちて全滅。

「リンゴの唄」は、昭和二〇年一〇月に封切られた戦後初の映画「そよ風」の主題歌で、並木路子の明るい歌声が焼け跡に響き、たちまち日本中を席巻した大ヒット。

紅白が試してくれる記憶力――忠　兵　衛(12月)

紅白歌合戦の演目に懐かしい歌や思い出の歌が増えて、視聴者の記憶力を試すような傾向は、一番のお得意であるお年寄りへのサービスのつもりだろう。

百歳のアイドルがいる長寿国――いかり草(1月)

双子で一〇〇歳の成田きんさんと蟹江ぎんさんを起用したＫａｎｅｂｏダスキンのＣＭが、両人の「うれしいような、かなしいような」というコメントとともに人気沸騰、たちまち国民的アイドルとなった。

総理にも参考になる尊厳死――豊田　信三(3月)

不治の病床にあっても、無意味な延命措置を拒否し、自然な形で死を待つ尊厳死がいわれ、日本尊厳死協会の登録会員も急増している。ボロボロになっても、死に体になっても、地位にしがみついては晩節を汚す日本の総理にも、尊厳死の理想は参考になるのではないかとは、穏やかなようで手厳しい提案である。

細切れの祖国に還る宇宙服――今井 旺波（4月）

とんだ浦島太郎になったのは、ソ連宇宙船ソユーズ。前年、地球を離れている間に祖国が崩壊、帰還してみれば、十数ヵ国にコマ切れの共和国に変わっていた。

鑑賞も鑑識もあるヘア写真――忠 兵衛（5月）

平成三年、篠山紀信によって火がつけられたヘアヌードは、この年、カンヌ映画祭グランプリ「美しき諍い女」のヘア問題がきっかけで、映倫審査委員会が、七二年に設けられた審査基準を緩和、鑑賞は自由になった反面、鑑識は微妙になった。

国会はしゃべってなんぼ寝てなんぼ――鈴木 照子（7月）

参院選に出馬したタレントの言葉「しゃべってなんぼ」をそのまま使って、言葉の調子がいいだけに、「寝てなんぼ」がいかにもキツい。

平成４年(1992)

鳴く虫の声をたどれば百貨店――守屋　魚門（７月）

バブル崩壊の影響は、前年、不動産業者や信託銀行の不動産部を襲ったが、今年は百貨店業界にも。まだ炎天だというのに、もう秋の虫が鳴き始めた。

朝刊を家中鼻でまわし読み――平田　清作（７月）

「鼻でまわし読み」というのが、いかにもおもしろい。これは「匂う新聞」で、広告の絵に鼻を近づけると、それらしい匂いがするというもので、一家の風景が見えてくる。

本ものの銃をオモチャのように持ち――田付さや父（７月）

オモチャの銃をホンモノに見せかけて脅すというのはよくあり、考えようによっては愛嬌もあるが、その反対になると身震いするほど怖い。

年収の五倍でやっと墓を買い――小坂　恭一（７月）

平成三年一一月一五日に発足した自民党宮沢喜一内閣の経済政策に盛り込まれた目玉の一つに「年収の五倍でマイホームを」がある。飽きるほど繰り返されたこの言葉への交ぜっ返し、または反発。

ちなみに、この年のサラリーマンの平均年収は、前年度比を四％上回る四九二万円。計算上ではまったく不可能ではない。

二十球見送り砂を持ち帰り――豊田　信三(8月)

超弩級の高校スラッガーとしてゴジラの異名を持つ松井秀喜外野手は、試合前の期待とはうらはらに、全打席ピッチャーに勝負してもらえず、5打席5四球で、バットを一度も振ることなく甲子園を去った。母校星稜も一回戦で敗退、ファンには拍子抜けの夏だった。

子を端に預金を中に寝る夫婦――名和　れい(9月)

『誹風柳多留』初篇の著名句「子が出来て川の字なりに寝る夫婦」を下敷きにした風刺句。あるアンケートで、日本の子供たちの答えに「将来、親の面倒は見ない」が多かったことも、この句の風景に加担している。

棒読みの棒で支える不退転――有薗　哲也(11月)

経済通を期待されて前年一〇月にスタート、政治改革に不退転の決意を見せた宮沢喜一内閣も、度重なる不祥事と、党の分裂をはらんだ反対派の抵抗で、前に傾いたり、後ろによろけたり。(平成五年六月、野党提出の不信任案可決で衆院解散。)

平成5年(1993)

星条旗一夜明ければしわが伸び――松本　律子(11月)

米大統領選挙で、民主党のクリントン候補が、共和党の現役ブッシュ大統領を破って第四二代大統領に。アメリカトップの年齢が、六九歳から四七歳へ一気に二二歳若返った。星条旗の「しわが伸び」がおもしろい。

帰宅した夫の首を確かめる――郡司　恵太(3月)

もちろんカリカチュアである。リストラという略語になって、たちまち流行語になったリストラクチャリング(企業合理化のための再構成)を背後に置いた戯画だが、不思議なリアリティがある。

モシモシとNTTは首を切る――藤本　尚士(3月)

これもリストラ。日本電信電話会社の大量人員整理。肩たたきの経緯を「モシモシ」と風景化したアイデアが泣かせる。

人生も投げてしまった元投手――佐藤　宏一(3月)

戦後というより昭和の大投手・江夏豊。阪神のエースから数球団を渡り歩いたが、阪神時代の七一年、オールスターゲーム第三戦で、パ・リーグの強打者を相手に9連続三振という驚異的記録と、広島時代の七九年、近鉄との日本シリーズで、近鉄最後の望みを断った「江夏の二十一球」は特に有名。八四年、西鉄を最後に引退するまで輝かしい足跡を残したが、それから九年後、まさかの薬物使用容疑で逮捕され、すべての業績も、歴史に残るはずの名も、自らの手でまるごとドブへ投げ込んでしまった。

ニセ札に肌を許した両替機 ―― 山崎 運良（4月）

機械で自動的に換金できれば、ニセ札ほど安全で、しかも確かな金儲けは無い。だからニセ札にも、両換機がついうっとりと騙されるようなやさしい工夫がされているのだろう。男女のだまし合いに見立てた中七か言い得て妙。

減税は死語脱税は春の季語 ―― 小久保虎夫（5月）

辞書に残されているだけで、日本国民の頭からは完全に遊離して、死語と化した「減税」に対して、同じ税でも「脱税」のほうは、納税期になると必ず現われてデカデカと報道される。春闘やベースアップが季題なら、脱税も立派な春の季題と呼んでいいかも。

九条の上下左右にただし書き ―― 貫 義成（5月）

社会党にとっては金科玉条であり、党の存在理由でもある平和憲法がなまじ政権参加したため、連立の新生党や公明党から譲歩を迫られて、少しずつ後ずさりするたびに、言い訳を書き込まなければならず、九条の周囲には余白が無くなりそう。

為五郎その冗談は悲しいぞ——忠 兵 衛(9月)

昭和四四年にスタートした「巨泉・前武ゲバゲバ90分」に登場して、たちまち流行語になった「アッと驚くタメゴロー!」二四年の歴史に、ついに終止符が打たれた。元クレイジー・キャッツのハナ肇、享年六三。

社会党眉毛の下で雨宿り——江戸川散歩(9月)

細川連立内閣の一角に加わった社会党内部では、山花貞夫委員長、赤松広隆書記長が総選挙敗北の責任を取って辞任、村山富市委員長、久保和書記長体制に代わったが、村山の長い白毛の眉を緊急避難の庇に見立てて、社会党のお家の事情を捉えたユニークな作品。

長男と長女ばかりの七五三——小久保虎夫(11月)

出生率の減少で一家庭の子供の数が平均2を割り込んでから久しく、「一姫二太郎」ならぬ「一姫半太郎」といわれる時代。七五三のお祝いが長男、長女ばかりというのも、ウガチというより現実。

戦後史に残す大きな下駄の跡——江戸川散歩(12月)

平成6年(1994)

田中角栄元首相、東京都内の入院先病院で、甲状腺機能亢進症に肺炎を併発して、一二月一六日死去。七五歳。一代の太閤記絵巻終わる。コンピューター付きブルドーザーなどと異名された反面でのロッキード疑獄、良くも悪くも戦後史を背負う人物であった。その故人を象徴するものが下駄というのも、庶民宰相らしい。

外米で腹拵えをする田植え ——松　竹　梅(1月)

前年平成四年が三九年ぶりの冷夏で、平成の飢饉と騒がれたコメの不作。政府は年内に二〇万トンの緊急輸入を決めたが、減反制度のほころびが浮上した。

頬っぺたに付かぬわが家のご飯粒 ——新井　一笑(4月)

前項関連。前年の暮れから正月にかけては、おいしいコメ、粘りのあるコメの奪い合いで、米価が全国平均3・9%も上昇。争奪戦から脱落した子沢山などは「頬っぺたに付かぬ」コメを余儀なくされた。

家無き子より深刻な子なき家 ——島田　亢(7月)

前年度の合計特殊出生率が史上最低の1・4を記録(六月二三日厚生省発表)、少子化はいよいよ深刻になった。「家なき子」(エクトル・マロ、一八七八)は、言葉のアヤで引き合いに出されただけだが、ほんとうに深刻なのはどっち?

豊作になれば米研ぐ水が無い――小坂　恭一（8月）

前年の不作に引き換えて、この年は豊作が保証され、まずまず胸を撫で下ろしたが、今度は全国的な水不足のため、四〇都道府県で給水制限とは、何という皮肉。

同じ穴から与野党が出入りする――川村　雄一（10月）

与党の野党のといっても、しょせんは「同じ穴」の何とやら。リクルートや佐川急便のようにでっかい穴なら、党派の区別など構ってはいられない。

偏差値のように叙勲の名が並び――畑中　貞雄（11月）

これはこの年に限ったことではないから、時事川柳と名づけるのは躊躇されるが、「偏差値のように」がおもしろいので、ここに挿んだ。

叙勲から漏れた人には無料パス（小久保虎夫）は平成四年の句。

橋渡し自分で渡る橋もあり――北原　昭次（11月）

この年九月、リクルート事件で受託収賄罪に問われた藤波孝生元官房長官が、東京地裁で無罪の判決を受けたが、庶民の間には釈然としないものが残った。金《かね》の橋を自分も渡ったのじゃないかと。

平成7年(1995)

労働者どすえと舞妓意気高し ──草川美登里(11月)

紅灯の巷にも労働基準法が適用され、お線香代などもドンブリ勘定が通用しなくなった。われら労働者となった舞妓はんの鼻息も荒い。

先生は三歩下がって見ない振り ──気 球(12月)

現金一〇〇万円以上を脅し取られた愛知県の中学二年生が、いじめの実態を書き残して自殺したことから、担任など関係者の無責任と無力が明らかにされた。「三歩(尺)下がって師の影を踏まず」どころか、先生の方が「危うきに近寄らず」では、いじめは無くならない。

お茶の間に高速道が横たわる ──原野 正行(1月)

アメのようによじれて無残に横倒しとなった阪神高速道──一月一七日午前五時四六分、兵庫県南部を襲ったマグニチュード七・二の大地震(阪神・淡路大震災)は、美しい街を一瞬で廃墟と化した。死者六三〇八人、負傷者約四〇〇〇〇人、ライフラインがマヒして三〇万人以上が避難。茶の間のブラウン管が捉えた高速道は、まさにその象徴だった。

見慣れると静止画像も面白い ──細矢 啓(3月)

平成四年に発覚した東京佐川急便事件では、元首相をはじめとする有力議員の証人喚問が

平成7年(1995)

続いたが、国会から一般視聴者に届けられるNHKのテレビ送信は、ピクリとも動かない静止画像。初手は何と殺風景なと思われたが、慣れてくると、この紙芝居のような画面もそれなりに面白い。

春眠を地獄へ落とすサリンガス　――鈴木千枝子(3月)

三月二〇日午前八時ごろ、都心の地下鉄車内で、オウム真理教による同時多発的サリン散布事件が発生。一二人死亡、五五〇〇人重軽傷。これは、事件当日午前一一時に投函され、同事件関係では新聞登場第一号となった記念碑的作品だが、連日掲載の欄でありながら、発表日が一〇日遅れの三〇日であったことに、新聞の時事川柳の限界を感じさせた。

三年間迷子が出ない百貨店　――横須賀酉造(4月)

バブル崩壊以後、年々売り上げが落ちて、閑古鳥が鳴くといわれる百貨店。お客より売り場係員の方が多いフロアでは、子供でも迷いようがない。

ウソよりもギャグを選んだ大都会　――杉山　太郎(4月)

第一三回統一地方選挙で、東京都では青島幸男、大阪府では横山ノックの両タレント無党派知事が選出された。ウソにまみれた政党への不信が、ギャグに軍配を挙げた。

一面に野茂から届くお中元――秋好　正隆（6月）

春からドジャースの先発入りしたトルネードの人気は凄まじく、勝ち星とともに三振の山を築き、ストライキ後のアメリカ野球を活性化、日本人選手初のオールスター代表にも選ばれた。日本のファンにとって、これは大きなお中元。

新品のゴミを残した東京都――豊田　信三（6月）

青島幸男都知事が、選挙公約に挙げていた、翌年（九六年）三月開催予定の世界都市博覧会は、都議会では開催を決議したが、都知事がそれを拒否する形で中止を最終決定。開会前に「跡地」になった会場は、そのまま大きなゴミに。

梅雨明けを追伸にする気象庁――小笠原　昇（7月）

当たらないことが日常化した気象状況や天気予報。一度宣言した関東地方の梅雨明けを、あわてて出し直す笑えない不手際。「追伸」とはうまく言ったもの。

ゴーギャンの絵に描き入れるキノコ雲――有薗　哲也（8月）

世界の反対を尻目に、南太平洋のムルロワ環礁で、フランスが地下核実験を再開。超党派で日本の議員団も参加したタヒチでの反対集会も空しかった。

平成8年(1996)

啜り泣く北三山の秋の虫
――小谷中あぐり(9月)

オウム・サリン事件捜査の過程で、八九年一一月以来不明だった坂本堤弁護士一家三人が殺害され、山形県の出羽三山(月山・湯殿山・羽黒山)に、父、母、子が別々に埋められていることがわかった。テレビニュースで、生存中の平和な一家のビデオが流され、涙を誘った。

家にいて父はとっくにホームレス
――原野　正行(2月)

建築構造から床の間が消えた頃から、家庭内での存在感を失った父は、ちょうど数年前から盛んになったサラリーマン川柳の格好のネタとなって逆に人気者となったが、この辺で時事の一角に取り入れておく。

座り込む野党にあぐらかく与党
――松永　昇児(3月)

これも特別な時事的対象を持たないか、日常的に繰り返される与野党お馴染みの風景。牛歩と座り込みの野党にはいちいち取り合わず、でんと構えるに限る。これが、安定与党と万年野党の構図だったが、政権が移動しても、基本形は変わらない。

音声を消せばお詫びに見えぬ顔
――阪本　敏彦(4月)

会社の幹部などが並んで頭を下げる陳謝風景はテレビ画面でお馴染みの風景となったが、

薬害エイズ訴訟では、ミドリ十字本社で社長以下六人が土下座して原告らに謝罪する姿が放映され、そのわざとらしさを批判する向きもあった。

朗報が一夜で凍るチョモランマ　――西島　柚郎（5月）

朗報から急転直下悲報へ――。五月一〇日、日本人女性では二人目という難波康子さん（四二歳）が、チョモランマ（チベット語でエベレスト）の登頂に成功したという第一報の余熱が冷めないうちに、下山途中遭難死という第二報が追いかけてきた。

大物に育つ予感の消費税　――建脇日出雪（7月）

八四年四月に導入された当初は肩身が狭そうにしていた消費税が、たちまち大あぐらをかいてしまったとはすでに記したが（平成二年）、その時から大物になりそうな予感はしていた。案の定、行財政改革を「火ダルマになってもやる」と豪語した橋本内閣の手で、三％から五％に引き上げられたのは九六年三月、予感は見事に的中した。

手を洗いついでに首もよく洗い　――嶋村　勝二（8月）

リストラの嵐が吹き荒れる中、いつその時が来てもいいように、手洗いのたびに首を洗っておくというのは、武士の嗜みか、日本人の美学か。

菊人形首相の首は後回し——風　馬（10月）

一月、村山富市首相が突然辞意、自社さ連立政権は自民党総裁の橋本龍太郎を後任に指名、一〇月の総選挙を経て、三年ぶりに自民党単独内閣が誕生したが、その不安定を危惧して、菊人形の首はとりあえず保留。

投票に行った自分を褒めてやり——高橋　栄（10月）

「自分で自分を褒めてあげたい」は、七月のアトランタ・オリンピック女子マラソンで、前大会の銀につづいて銅メダルを獲得した有森裕子選手のレース後のインタビュー。一方、一〇月二〇日に行なわれた総選挙は、小選挙区比例代表並立による初めての選挙で、自民党が復調を見せ、新党の民主党が躍進したが、投票率は戦後最低の五九・六五％。その白けぶりを揶揄して、有森のコメントを借りたもの。

古さだけ新しくなる日本史——畑中　貞雄（11月）

島根県大原郡加茂町岩倉の工事現場から、弥生時代中期の銅鐸が出土、邪馬台国論争の新しい火種となった。このところ、古代史だけが新しい展開を見せる日本史を、「古さだけ新しくなる」という捉え方が、おもしろい。

平成９年(1997)

官僚が真っ直ぐ帰る十二月

――君塚　巌(12月)

食糧費による官官接待の非開示処分を取り消した宮城県の行政訴訟がもとになり、政府が地方自治体などの公費による官官接待を禁じたことから、通例の忘年会などが中止され、官僚は寄り道しないで帰宅する模範亭主となった。ホントかな。

開いた口ふさがらぬまま晦日そば

――高田　淳子(12月)

これは毎年のことだが、阪神・淡路大震災に始まり、オウム真理教事件でごった返して、日本の近、現代史上最悪の年といわれた前年などの方が当てはまるかもしれないが、この年も暮れになって、ペルー日本大使公邸を極左ゲリラの武装グループが襲い、大使はじめ約四〇〇人を人質に立てこもったまま解決に至らず、あれよあれよという間に、ついに年を越した。

一生を千回生きて春子逝き

――大蔵　隆史(4月)

一九四五年四月の初演から千回も上演、明治から昭和にいたる女主人公布引けいの数奇な人生を千回も生きた「女の一生」(森本薫作、久保田万太郎演出)の主演女優、杉村春子(一九〇九～一九九七)が一〇日、九一歳で他界した。

平成9年(1997)

ハイ財布ハイ定期ハイたまごっち――白瀬のぶお(4月)

バンダイが平成八年一一月に売り出した「たまごっち」は、ペットを育てる携帯ゲーム。これが爆発的ヒットとなり、半年ほど間に出荷台数が一〇〇〇万個を突破。大人は出勤の、子供は登校の必需品となった。あまりの流行に、韓国ではこの句の一ヵ月後、たまごっち持参の登校を禁止した。

交番で一歩下がって道を聞く――笠井美奈子(5月)

警察官の犯罪が増加、交番が安全と安心の場所ではなくなった。道を聞くにも、危うきに近寄らず、おそるおそる…。

生保にももしもの時がやってくる――加藤　義秋(5月)

バブル崩壊で不良債権を抱えていた金融機関が相次いで倒産。その手始めとなったのが四月の日産生命。「もしもの時」は生命保険勧誘時の決まり文句だが、それを会社自身に向かって言う羽目になった。

頭取の妻もタンスへ預金する――渡辺　貞勇(6月)

バブルのツケは保険会社から銀行、大手証券会社にも及び、前年の阪和銀行の業務停止命令を持ち出すまでもなく、金の安全が保証できるのは自宅のタンスだけ、という笑えない冗談を戯画化するとこうなる、という句。

薔薇の字が正しく書ける暗い指

――鈴木　寿子（6月）

五月二七日、神戸市の中学校の門前に、「酒鬼薔薇聖斗」と記した犯行声明とともに、小学生（一一歳）の切断した頭部が置いてあるのが見つかった。犯人は一四歳の中学男子で、医療少年院に送られたが、これを契機に少年法の見直しが論議された。

病院に病人だけがいる九月

――榎本　幸雄（9月）

九月一日から、医療負担増が実施され、本人負担がそれまでの二倍、二割負担となった。それまで病院を社交場代わりにしていた病気でない病人は、潮の退くように姿を消して、残されたのは、病気を治すしかない病人だけ、という皮肉な風景。

番付に300キロの穴があき

――西島　柚郎（12月）

この年の九州場所後、元大関の人気力士小錦が、一五年間の土俵生活に別れを告げた。理由はいろいろ取り沙汰されたが、番付に突然あいた三〇〇キロの大きな穴を、ただファンは見詰めるばかりだった。

平成10年(1998)

百年の山一に来る百年目　――守　克昭(12月)

一一月二四日、山一證券が自主廃業を発表。不正取引「飛ばし」による多額の不正債務が発覚、戦後最大三兆五〇〇〇億円の負債を抱えて倒産した。折から祝うべき創業一〇〇年が、最後の百年目となった。

鶏の咳におびえる長寿国　――大島　脩平(1月)

前年の暮れからの鶏インフルエンザの流行。何ごとも真っ先に影響を受ける高齢者は戦々兢々。

クリントン精力的に仕事する　――野上　正昭(2月)

前年一月に第二期目を迎えたアメリカ第四三代大統領が、美人の妻の目を盗んで浮気をしたというので、ホワイトハウスがピンク色になった。「アメリカン・ドリーム」を訴える本人が、夢のつまみ食い。「精力的」が笑える。

学校で一番怖い普通の子　――元木　優(2月)

何かと世上を騒がせる少年も、学校側や周囲の返事では、いい合わせたように「普通の子」。外からは一人一人の「心の闇」までは窺い知れない。アイロニーが利いた作品。

暗がりに警察官が居なくなる ――石井 正俊（2月）

拳銃欲しさに襲われたり、交番が狙われたり、警察官のご難が増えてくると、彼らも危険なところには近付かなくなるという戯画。

花見酒冷めないうちに雪見酒 ――土谷 正（4月）

春が来てから寒さが戻るのを旧暦では「冴え返る」と洒落た言い方をしたが、新暦で桜が咲いてから雪が降るということは、そう滅多にはない。

歳時記をあわてさせる風景も、しかしオツではある。

うつぶせに寝るとあぶない社会党 ――市川しげる（6月）

うつ伏せ寝の危険は赤ん坊だけではない事件が続いて、警鐘が鳴らされているが、さしあたり危ないのは、自民、さきがけとの四年間の蜜月に幕を下ろした社民党の凋落ぶり。うっかり伏せ寝などしようものなら、そのまま息を引き取りかねない。

東京都ネコ区ネコ町ネコ番地 ――竹内いさお（7月）

東京じゅうに野良猫が溢れて、都が悲鳴を上げている。自宅では飼わないのに、決まった場所に食べ残しを毎日置いて、野良猫を養っているような家もあったりして、これも豊かさの一面かもしれない。

ミサイルに直撃される土瓶蒸し ――湯町　潤（9月）

八月三一日、北朝鮮から発射されたミサイル「テポドン」が、日本列島を飛び越えて太平洋に着弾。これが、土瓶蒸しに命中、マツタケは飛来しなくなった。

万葉のタウンページが出土する ――西島　柚郎（10月）

平成一〇年は、発掘ブーム。発掘された遺跡は三五一八件に及ぶ。古代文化が土の中から花開く日も遠くあるまい。

大蔵省袖の下だけ煤払い ――松永　昇児（12月）

年頭から自殺者を出したり、大蔵大臣が辞任したり、幹部職員の大量逮捕、大量処分に発展、ノーパン・シャブシャブの名を高からしめた大蔵省の収賄事件は、完全解決を見ないまま越年。

平成11年(1999)

落語家の切手で届く不採用――石井 正俊(2月)

バブル崩壊以後、上を向かない日本経済。この年には、主要企業が相次いで人員削減計画を発表して、リストラの嵐が吹きまくった。うそか本当か、落語家の肖像切手というのが、何とも皮肉。

トランクの中の臓器が美しい――鈴木 寿子(3月)

二月、初の臓器移植が行われ、四〇代の脳死患者の心臓、肝臓、腎臓などが、それぞれ別々の大学付属病院で移植された。飛行機で輸送を待つトランク入りの臓器が、テレビ画面で放映されたが、これは見てきたようなナマナマしさ。

履歴書に無所属と書く失業者――忠 兵衛(4月)

不況を反映して、各企業が新規採用を中止、前年一一月、男性の失業率は四・四%と戦後最悪を更新。が、無職というのは人聞きもイメージも悪いから、同じことなら無所属と呼ばれたい。

風力を風上に置く原子力――島崎 肇(5月)

営業化前夜の風力発電に比べたら三五年も先輩の原子力だが、いつ臨界事故などが起こるか知れない、危なっかしい兄貴を風上に置くわけにはいかない。現に、この年九月の茨城県東海村の核燃料工場の事故では、四九人が被爆、一人が死亡している。

平成11年(1999)

十八が壊す神話と生む神話——石井　光夫(5月)

古い神話や伝説を覆し、新しい神話や伝説に塗り替えていく一八歳は、横浜高の松坂大輔投手。平成一〇年夏の甲子園大会決勝では、ノーヒットノーランをやってのけたばかりか、春夏連続優勝。鐘や太鼓でプロ野球西鉄ライオンズ入りした初登板の日本ハム戦には、生中継の埼玉テレビほかNHKと民放テレビのキー局四局が、ニュース番組で一斉に生放送するという異例の騒動を巻き起こしたが、このゲームでも一五五キロの快速球で勝利、新しい伝説がスタート。

父さんは給料だけが若返り——平田　清作(6月)

労働省のまとめでは、約四〇歳平均のサラリーマンの月給が、前年比〇・二%減額。勤続年数と給料がスライドしなくなった。

トンネルの天井にある落とし穴——岩片親一郎(7月)

山陽新幹線の福岡トンネルで、二〇〇キロのコンクリート壁が剥落、走行中のひかりの屋根を直撃。以後、トンネルの天井落下事故が各地で相次いだ。天井の「落とし穴」が意表。

神様の別れ話も出る九段

――豊田　信三（8月）

毎年、例大祭の時季が来るたびに蒸し返されるのは、時の総理大臣や閣僚の参拝問題と、東京裁判で処刑された東條英機をはじめとする第二次大戦の戦犯者を、合祀から外して他へ移してはという分祀論である。まさに「神様の別れ話」であるが、賛否両論があって、実現していない。

ナツメロの君が代を聞く戦没者

――畑中　貞雄（8月）

八月一五日の終戦の日を期して開催される全国戦没者追悼式は、両陛下も臨席して厳かに行なわれるが、かつて日の丸と君が代に殉じた英霊たちが現在の日の丸をどう見、君が代をどう聞くか。七月に「国旗国歌法」が成立したばかりだが、一度戦争で血塗られた日の丸が、終戦から五年ぶりでリバイバルしたのは、昭和二五年の文化の日。一方の君が代も、おすもうの歌とか懐メロとか呼ばれて、明らかに変質してしまった。

経企庁上目遣いに慣れてくる

――松田　保次（10月）

平成九年度の国内総生産が二三年ぶりにマイナス成長の〇・七％。不景気もここまで慢性化すると、いちいち言い訳をする必要もない。といっても、習性となった上目遣いは、おいそれと戻りそうもない。

平成12年(2000)

首があるだけで笑える十二月――二宮　茂男(12月)

リストラの嵐が吹きすさぶ中で、この一年、首が繋がっていただけで、幸せとしなければなるまい。首があるから、新しい年も見えるし、笑うことも出来る。ただし、翌年の年の瀬にも同じように笑えるかどうかは、誰も保障してくれない。

明けまして電気がついておめでとう――鈴木　寿子(1月)

前年から世界中のコンピュータの誤作動が心配された「二〇〇〇年問題」だが、年が明けてみたら特別の混乱もなく、無事にミレニアムを迎えた。めでたし、めでたし。

冗談をまた打ち揚げた宇宙研――高田　淳子(2月)

日本宇宙開発事業団運輸多目的衛星H2ロケットの打ち揚げは、九八年に続いて二回目も失敗。いつまでも冗談では済まされないと、計画の見直しが急がれている。

親戚に警察官がいなくなる――井坂　和子(3月)

連鎖反応的に警察官による犯罪が増えてきたのがこの年の特徴だが、そうなると、親戚や知り合いに警察官がいるなんて、誰も言いたがらなくなる。

けん銃は手の大きさを選ばない――高木　柳人(3月)

前年四月、米コロラド州の高校で、男子生徒二人が生徒ら一五人を射殺したのをはじめ、五月、七月、八月、一一月に相次いで銃乱射事件が起きており、また日本では「一七歳の犯罪」など、少年犯罪が論議を呼んでいる。銃のほうは使い手の年齢や手のサイズを区別はしない。だから、こわい。

病院の入り口にある非常口――岩田　勝(5月)

病院が完全に身を任せられる安全な所ではなくなった。入る時から避難口を考えておかないと、取り返しがつかないことにもなりかねない。三月に消毒液を患者に点滴して死亡させた都立広尾病院のような、不注意による医療ミスが絶えないからである。

大臣の落ち武者が出る夏の陣――元木　優(7月)

六月二六日、投票された第四二回衆議院総選挙では与党自民党がその数を激減、辛うじて安定多数は確保したものの、森喜郎内閣への批判が高まり現役大臣までが落選の憂き目に。

少年の闇は解けないヒトゲノム――有薗　哲也(7月)

六月二六日、アメリカは、世界各国の協力でヒトゲノム解読が概略完了したことを発表。

クリントン大統領は「アポロ計画に匹敵する成果」と称賛したが、日本国内で相次ぐ一七歳の犯罪と、その「心の闇」までは覗けないだろう。

スーパーに雪崩が起きる熱帯夜

――久本　穂花（7月）

雪印乳業大阪工場の製品で食中毒。製品ラインから黄色ブドウ球菌が検出された。報道とともに、スーパーの棚から一斉に雪印製品が姿を消した現象を、主体を表に出さない、巧みな縁語仕立て（雪印＝雪崩）で捉えている。

朝飯の前を尚子が駆け抜ける

――足立　俊夫（10月）

シドニー・オリンピック女子マラソンでは、Qちゃんこと日本の高橋尚子が陸上女子初めての金メダル。その勇姿が早朝のテレビで日本にも伝えられ、国中を沸かせた。

新世紀鬼と一緒に考える

――杉山　太郎（10月）

来年のことをいうと鬼が笑うというが、世紀の中間ミレニアムにある今年ばかりは特別。一夜明けてどんな新世紀が来るか、それを思わぬ人はあるまい。いっそ、鬼と一緒に考えよう。

平成13年(2001)

新世紀年賀メールで幕が開き ——— 後藤　克好(1月)

新世紀第一年は、年賀メール元年。指が一本あれば、おめでとうが言える時代になった。

曙の総身を春が抜けていく ——— 土谷　正(2月)

春場所がめっぽう強くて「春男」と呼ばれ、自分でも「春は曙」と胸を張っていた横綱曙太郎が引退した。外国人初の横綱であり、その巨漢ぶりに人気があり、貴乃花とともに大相撲人気を高めたが、怪我には勝てなかった。

アメリカが京都を捨てる温暖化 ——— 原野　正行(3月)

二酸化炭素の排出削減を義務付ける議定書(京都議定書)に対して、ブッシュ政権は正式に不支持を表明、三月二八日に離脱した。

森語録これで三日は笑えそう ——— 杉山　太郎(4月)

流行語の「ＩＴ革命」を「イット革命」と読んだり、クリントン大統領を訪問して「ハウ・アー・ユー」と言うところを「フー・アー・ユー」と言ったり、「日本は神の国」と真面目で挨拶したり、これらを集めたら、退屈しないお笑いの本ができる。

平成13年(2001)

リンゴから咲いた戦後が消えてゆく
足立　俊夫(4月)

昭和二〇年、廃墟と化した日本の隅々にまで灯を点し、打ちひしがれた日本人の心に夢と勇気を与えた「りんごの唄」(松竹戦後第一作『そよ風』主題歌、サトウハチロー作詞・万城目正作曲)の歌声。戦後の日本復興は、この並木路子(SKD)の明るい歌声から始まったといってよい。四月七日没、七九歳。

支持率は半年前の不支持率
秋好　正隆(4月)

自民党第二〇代総裁に小泉純一郎が選ばれ、四月二六日、小泉内閣が発足。これが小泉フィーバーの幕開けだが、この時の支持率が八七・一%、「受信料払わぬ人もテレビ視る(川上勉)」という人気で、それが半年前の一〇月一〇日、不信任案を提出された森内閣が最低記録を更新しつつあった不支持率とほぼ等しいという皮肉な見方。

新世紀半年過ぎて世紀末
斎藤　松雄(6月)

二一世紀もまだ半年しか経っていないというのに、世の中はまるで世紀末のような荒み方だというのが、三ヵ月先のアメリカ同時多発テロを予告したよう。

月曜の八時が少し暗くなり
松本　律子(8月)

松下電器産業が、初の赤字転落予想。毎週月曜日の夜八時半には颯爽と登場した水戸黄門の印籠にも、心なしか翳りが。

牛の数かぞえて夜も眠られず——久本　穂花（9月）

農水省は一〇日、食肉用国産牛に国内初の「狂牛病の疑い」あり—と発表。飼育業者は、ヒツジを数えるどころか、疑いある牛の顔をながめて、とても眠るどころではない。

アメリカの時計が止まる午前九時——栗葉　蘭子（9月）

九月一一日、米国東部夏時間八時四六分と九時三分に、突如アメリカを襲った同時多発テロが、世界を震撼させた。ハイジャックされた大型旅客機が、天空に聳える世界貿易センター北棟と南棟に激突して、爆発・炎上、高層ビルが崩壊する一部始終は、リアルタイムで国際中継された。死者三〇〇〇人を超え、アメリカによるアフガニスタン攻撃の引き金になった。

後ろから不意を突かれた自由主義——小暮　義久（9月）

承前。九時三八分には、ペンタゴンも同じ攻撃を受けた。不意を突かれたのはアメリカだけではない、世界中の自由陣営の虚を突く出来事だった。

平成14年(2002)

朝起きてビルの高さを確かめる　――忠　兵　衛（10月）

朝起きて見上げたときには、天にも届くようなビルが二つ確かにあったのに、二時間後の一〇時一五分には、そこに無かった。以来、起きると、空を見る癖がついた。

八方の遺跡から出るうしろ指　――島崎　肇（10月）

考古学会で「神の手」と呼ばれた東北旧石器文化研究所の藤村新一副理事長がねつ造した遺跡は、七道県、四二ヵ所に及ぶことが発覚、日本の前期旧石器研究は事実上崩壊した。

典範にはたきをかけるコウノトリ　――高木　南風（12月）

暗い事件に終始した一年の最後、一二月一日に天の岩戸を開いたのが皇太子妃雅子さまの内親王ご出産。日本中にパッと明かりが点された。

和装した牛まで国は買わされる　――新井　常正（1月）

前年のBSE発生を受けた農林水産省の国産牛肉買い取りを利用、輸入牛肉を国産のパックに詰め替えて偽装、不正請求していた雪印食品は、消費者の信用を失って消滅、親会社の雪印乳業は解体、他業者にも波及した。

官邸で真夜中に出る失業者――藤縄　隆明（2月）

庶民的人気が高い半面、外務省官僚や鈴木宗男議員らとのギクシャクした関係を理由に、小泉首相が田中真紀子外務大臣を更迭、これを境に小泉内閣の支持率が急落、「支持率が伊達の薄着のようになり」（二月）から「変人と言われた頃が華だった」（五月）＝作者はともに石井正俊＝となり、支持率は三八％（朝日新聞調査）にまで落ちた。

三時間CMのない茶番劇――小野崎帆平（3月）

「ムネオハウス」など北方四島の支援事業に関わる一連の疑惑で、鈴木宗男議員が衆院に証人喚問され、「疑惑の総合商社」などと、社民党の辻元清美議員から激しく追及された。その結果、鈴木議員は自民党を去る。

永田町独りぼっちが二人いる――岩片親一郎（3月）

自民党からはもう一人、その三日後、前々年一〇月森内閣不信任案の折「加藤紘一の反乱」で名を馳せた加藤元幹事長が、事務所元代表の脱税容疑で離党、永田町だけで二人の家なき子ができた。

入社式終わり転職考える

――原　清（4月）

運よく入社試験は突破したが、その時点から次を考えておかねばならない。何故って、この首がいつリストラされるか分からないばかりか、会社自身にいつ先立たれるかも保証が無いから。

九条と目を合わさない有事法

――成瀬　克美（4月）

四月一六日、有事三法案が閣議決定され、九条にまた但し書きが増えることに。

暖簾まで切ってしまった裁ち鋏

――武笠　利彦（6月）

永年の功績を認められて文化勲章まで受章した森英恵のファッションブランド「ハナヱモリ」が、東京地裁に民事再生法の適用を申請するとは、だれが想像しただろうか。

一億のトイレタイムは十五分

――山田だっ平（6月）

五月三一日から六月三〇日の一ヵ月は、日韓共催サッカー・ワールドカップに日本中が沸いた。しかもジーコ・ジャパンが決勝トーナメント進出とあって、対ロシア戦のテレビ視聴率は六六％、日本国民のトイレタイムはハーフタイムの一五分間だけというフィーバーぶりだった。

平成15年(2003)

一面にアザラシがいて職がない ——柴岡 友衛(9月)

八月頃から、東京・多摩川の丸子橋付近に現れたオスのアゴヒゲアザラシがタマちゃんと呼ばれて人気者になり、日ごとテレビや新聞を賑わして、ついに横浜市西区の特別住民・西玉夫として登録された。われら人間の失業者とは何とかけ離れた境遇だろう。

二日間ノーベル賞をハシゴする ——川村 雄一(10月)

一〇月八、九日と二日続きの朗報で、本年のノーベル賞は日本から二人が選ばれ、「ダブル受賞」が流行語になった。物理学賞には小柴昌俊東大名誉教授、化学賞に島津製作所の田中耕一氏で、博士号を持たない初の受賞者。授賞式は一二月に行なわれた。

枕木が枕に見えた運転士 ——渡辺 貞勇(2月)

山陽新幹線の居眠り運転は、運転士の睡眠時無呼吸症候群(SAS)と判明。また、実際は一人運転の虚偽報告だった。

まっ先に日本と書く奉加帳 ——林 茂男(3月)

世界中の反戦運動を尻目に、三月二〇日、米英軍がイラク攻撃開始。小泉首相は戦争支持を表明、イラク復興支援特別措置法案が強行採決され、「非戦闘地域」への自衛隊派遣が可能になった。

平成15年(2003)

砲弾を千と千尋がかいくぐり　――石井　正俊（3月）

宮崎駿監督の長編アニメ『千と千尋の神隠し』が、第七五回米アカデミー賞長編アニメーション映画賞を受賞。イラク情勢の緊迫化で授賞式に出席できなかった監督は、不幸な事態（イラク情勢）に直面して「受賞を素直に喜べないのが悲しい」と、メッセージを送った。

激戦区イラク神奈川佐賀お江戸　――青柳　完治（4月）

三月二七日、第一五回統一地方選挙がスタート。戦前の観測では、佐賀と神奈川の両県知事と、東京都知事選がイラク並みの激戦と予想された。

遺伝子が螺旋階段降りてくる　――久本　穂花（4月）

ヒトゲノムの解読完了が発表された。解読可能な九九%のうち、日本の貢献度は六%。

ユニクロは着ませんけれど食べてます　―草野　芳子（5月）

カジュアルファッション「ユニクロ」を展開するファーストリテイリングが、新事業として肥料や農薬を抑えた野菜販売。中には着るのはごめんだが、新栽培法の野菜ならという向きもあるとか。

夏が来て間もなく終わる夏休み――佐々木福太郎(8月)

この年は一〇年ぶりの冷夏。カッと陽が照ってやっと夏らしくなったと思ったら、もう夏休みも終わり。

百歳になって老後を考える――武笠 利彦(9月)

この九月末時点で、百歳以上の高齢者が二万人を越えた。こうなると、いつからが老後なのか、ますます分からなくなる。

力瘤カリフォルニアを差し上げる――竹内 功(10月)

米カリフォルニア州知事に、筋肉ムキムキの映画俳優、A・シュワルツネッガー氏が初当選。

動かした山のあなたに日が沈む――松 竹 梅(11月)

第四三回衆議院選挙で共産党と社民党は議席が一ケタ台に凋落。殊にマドンナ旋風に浮かれた社民党の絶頂期は遠いものとなった。「山が動いた」と言った土井たか子党首は引責辞任。

平成16年(2004)

マニフェスト　マンガ喫茶に置いてある——小宮山秀久(11月)

承前。この時から「マニフェスト」(政権公約)を押し立てての選挙戦となった。

バカの壁にも反射する初日の出——松本　律子(1月)

前年、発刊されるやたちまちベストセラーのトップに躍り出た養老孟司著『バカの壁』(新潮新書)は、コミュニケーションギャップを反映して売れ続け、この年、三七八万部を記録した。

ピカピカの日の丸に吹く砂嵐——小玉　岳人(1月)

派遣に関する議論が煮詰まらないうちに、陸上自衛隊の先遣隊三〇人がイラクに向け出発。

牛丼と傷を舐め合う親子丼——白石　昌明(1月)

前年一二月、米ワシントン州の牛がBSEに感染、政府は米国産牛肉の輸入を停止、吉野家では牛丼販売の中止を決定したが、今度は新年早々、日本にも「H5N1型」鳥インフルエンザが発生、タマゴの出荷停止や鶏の殺処分が行なわれ、親子ともども食膳から遠ざかった。

発明も社長がすれば怖くない　――納谷　誠二（3月）

世界的な発明といわれる青色発光ダイオードの特許権に関して、発明者と生産会社の間にトラブル。最終的には会社が控訴して和解した。対価六〇四億という発明者を社員に持つということも、またたいへん。

夕焼けの似合うカラスも子もいない　―小久保虎夫（3月）

前々年五月に発表された一四歳以下の子供人口は、二一年連続で減少、過去最低の一八一七万人だというし、このところカラスの数もめっきり減った。これでは折角の夕焼けが、絵にもウタにもならない。

GW自己責任で家に居る　――須崎　八郎（4月）

イラクで日本人男女三人が武装勢力に拉致されたが、一〇日後には現地協力者の尽力で解放されるいきさつの間に、政府の勧告などを無視した三人の自己責任論が噴出、一時はバッシングに近い論議まで交され、この年の流行語になった。さっそくの借用。

政治家の中に他人がいなくなり　――田口　立吉（5月）

年金のCM女優が保険料を納付していなかったことがきっかけで、閣僚を含めた国会議員の年金未納や未加入が次々に発覚。年金改正法案が衆院で審議中でもあり、三閣僚が「未納三兄弟」などと呼ばれたが、ついにはみんなが兄弟というところまで波紋が広がった。

平成16年(2004)

春眠を冬のソナタに削られる　　　　野上　正昭(4月)

前年、衛星放送でブームになった『冬のソナタ』をNHK総合テレビで放映、女性を中心に「冬ソナ・フィーバー」と「韓流《はん》ブーム」に火がついた。

韓国に丸投げをするメロドラマ　　　　白川　順一(10月)

とあるように、日本ではもう忘れられた人間ドラマのあり方が、ぺ・ヨンジュンを「ヨン様」たらしめ、チェ・ジウを「涙の女王」たらしめたのだろう。

年金がつくまで走るハルウララ　　　　遠藤　窓外(4月)

前年までで八八連敗、負け続けることで人気になったハルウララに、これも人気一番の武豊騎手が騎乗したが、やっぱり一一頭中一〇着と面目躍如。この時点で一〇六連敗中。

果物の名前が増える保育園　　　　君塚　巌(6月)

名前に使える漢字を大幅に増やす「人名用漢字の範囲見直し案」がまとまった。

政治家にあってはならぬ記憶力 ——後藤 克好（7月）

日本歯科医師会の一億円小切手提供問題で、自民党旧橋本派にメスが入り、橋本龍太郎元首相は、「憶えはない」が派閥会長を辞任。

曽我さんも家族も見てる天の川 ——阿部 志朗（7月）

北朝鮮拉致被害者の曽我ひとみさんの夫チャールズ・ジェンキンスさんと娘二人が七月一八日に帰国・来日、十二月七日には曽我さんとともに、天の川が「横たふ」佐渡へ移住した。

列島はアテネ時間で夜が明ける ——米満まさる（8月）

八月一三日からギリシャのアテネで開催されたオリンピック夏季大会では、日本選手の活躍に日本中が沸いた。金メダル六個を含むメダル獲得総数三七個は、東京大会に並ぶ史上最多。北島康介選手の「チョー気持ちいい」など多くの流行語を生んだ。

オレオレは稼ぎオレオレには職がない ——内藤 豊子（11月）

オレオレ詐欺の手口が年々巧妙になり、近頃は「振り込め詐欺」と呼ばれるようになった。これまで分かっているだけで六五〇〇件を上回り、被害総額二二〇億円にのぼるというから、いかに騙され易いかが想像できる。この場合、自分のことは考えたくない。

平成17年(2005)

黒田家を地図で見ているコウノトリ ――笠原　草枕(12月)

天皇家の長女紀宮清子(サーヤ)さまと東京都職員黒田慶樹氏の婚約が一月半ばに内定、年末に翌年一一月のご結婚が宮内庁から正式発表された。

中年が去って追われる日本猿 ――湯町　潤(1月)

サル年は去ったというのに、人里へ出てきては悪さをするニホンザルの方は居座って、被害が減らない。追い立てに追われるトリ年。

日中の海底にある違い棚 ――忠　兵　衛(3月)

水の上での駆け引きとは別に、石油資源などを巡る水面下の思惑には、違い棚ほどの段差がある。

韓流と韓国にある深いミゾ ――山口　早苗(3月)

「冬ソナ」やヨン様の韓国と、竹島というと目の色を変えて居丈高になる韓国人とは、これが同じ国民だろうか。この年も、島根県の「竹島の日」条例制定に反日感情ムキ出し、とてもヨン様のお国とは思えない。

マンモスの牙が伸びない愛知博 ――池田のぶ志(4月)

三月二五日に開幕したEXPO二〇〇五日本国際博覧会は、結果において大成功を収め経済効果を高めたが、滑り出しは低調で、目標に満たない入場者数。呼び物の冷凍マンモスも、キバを縮めて寒そうだった。

官邸へ玉砂利が飛ぶ春あらし ――高松 利雄(4月)

前々年、「この程度の約束を守れなかったのは大したことじゃない」と、大見得を切って靖国参拝した小泉首相、どこまで強気を押し通せるか。

民主党にもできそうな中二階 ――北村艸之郎(5月)

「中二階」というのが万年与党の自民党に限った現象と思っていたら、このところ進出いちじるしい民社党にも、同じ体質が見えてきた。と思ったらそれから半年も経たない九月、参院解散総選挙では、郵政民営化を掲げた小泉自民党に大敗、岡田代表が引責辞任に追いやられ、とてもそんなゆとりは無くなった。

脱サラを思い止まるランキング ――高木 南風(5月)

所得税額一〇〇〇万円を超える長者番付トップが、投資顧問会社の部長でサラリーマン。

これは、国税庁公示では初めてだが、世のサラリーマンにはそれなりの刺激を与えた。

ネクタイを締めてる人は職探し――小川　正男（6月）

六月一日は、夏のビジネス軽装（クールビズ）初日。ただし、ビジネスを持たない人は、その限りにあらず。

沸かし湯に浸かる箱根の半次郎――守谷　友一（9月）

温泉といえば箱根といわれるご本家にも、湯が涸れたり低温になったり、沸かし湯の宿が多くなった。昨年登場するやたちまち脚光を浴びた『箱根八里の半次郎』（松井由利夫作詞、水森英夫作曲、歌・氷川きよし）も、その沸かし湯に浸かって、「ヤだねったら、ヤだね」なんていったとか、いわないとか。

シロアリと同居していた建築士――野上　正昭（11月）

マンションやホテル建設の一級建築士、姉歯建築設計事務所による耐震強度偽装問題がつぎつぎに発覚。衆議院国土交通委員会での参考人招致でも、施工主、建築主、民間審査機関が責任のなすり合いに終始、住居を失った住民たちを不安のどん底に突き落とした。

雪を出て雪見て帰る里帰り――藤縄　隆明（12月）

平成18年(2006)

大寒波の襲来で、巷は雪景色を出るとまた次の雪景色へ。年末の帰省も、雪から雪。日本中どこからどこまで雪を敷き詰めた年末。

黒田家が紅白を見る大晦日――大越　勝治(12月)

この年から黒田家の人となった清子さんも一緒になって、紅白歌合戦を見ているのでないかという、庶民的想像だが、明るい風景。

ヒルズにもどか雪が降るサプライズ――小泉　寛明(1月)

どか雪が降ったからといって、別に驚くこともないが、そこはそれ三年前にオープンしてから、良きにつけ悪しきにつけ話題になる新名所。まさかが起こってはならないのかも。

トリノから灯りが届く雛祭り――山口　早苗(3月)

メダルひでりで、日本人をイライラさせていたトリノ冬季オリンピックで、最後の最後にフィギュアスケート女子で荒川静香選手が金メダル。大会中たった一個だが、何よりも華やかに光り輝く朗報に、雛祭りを前にした日本中が沸き返った。

楽天にイナバウアーが活を入れ――塚田　恒夫(4月)

その荒川静香選手を象徴する演技イナバウアーは、たちまち流行語になった。その迫力

平成18年(2006)

で、前年五〇年ぶりで誕生した新球団・東北楽天ゴールデンイーグルスのあまりの不甲斐なさ(三八勝九七敗)に活を入れて欲しいという、これはワラをも掴みたいファンの願いであろう。

温暖化北極グマが寒くなる――市川　芳郎(5月)

前年二月、もめ続けた「京都議定書」は発効したが、温室効果ガスの被害は北極圏まで。かんじんの万年氷が解けて、北極熊の居住地がしだいに制限され、とんだ住宅難まで予想されるとか。

秋までの首が並んだクールビズ――船山　新一(6月)

改革の本丸である「郵政三事業民営化」を成し遂げ、前年一〇月三一日、第三次小泉連立改造内閣にとって、あとはこの年の任期切れを待つばかり。すでに退陣を決めている小泉首相のあとを狙って、永田町は「麻垣康三」の四人による総裁レースに移っている。

自衛隊庁よ省よと育てられ――男鹿六三郎(6月)

今回のイラク派遣で、どうやら陸上自衛隊も一人前。それなりの存在感を他国へ知らせることも出来た。省の、庁の、といってきたが、誰に憚ることもなく、一九年一月に晴れて防衛省に。

日本は審判だけが勝ち上がり――青鹿　一秋(7月)

サッカーW杯ドイツ大会では、テレビ視聴率の異常な高まりとともに、意気揚々と乗り込んだジーコ・ジャパンの戦跡はさんざん。予選通過もならずに、神様ジーコの交代、中田英寿選手の引退に及んだ。そうした中で、日本人審判の活躍だけが目立ち、決勝リーグ上位まで勝ち上がったのは皮肉。

惑星を数えなおして夕涼み

——忠 兵 衛(8月)

プラハで開かれた国際天文学連合総会(IAU)で、冥王星を惑星から外し、矮小惑星に格下げすることが提案され、太陽系惑星は新たに八個と決まった。涼みがてら、改めて子供にも数え直させなければ。

あらためて知る割りばしの木の匂い

——滝川ひろし(9月)

パチンと割った時の芳しくさわやかな木肌の匂いは、日本独特の心地よさを食膳にプラスする。だが、この割り箸が、日本の緑を食い荒しているとなると、これは問題だ。割り箸の生産量が、大事な森林資源を犠牲にしている現実に、遅まきながら思いを致さなくてはなるまい。

百俵の古米が残る永田町

——園山 達雄(9月)

平成一三年四月、小泉純一郎内閣が発足した時に引用されて有名になった「米百俵」の逸話は、そのまま流行語のトップとなったばかりか、この年の流行語は小泉語録で占められた。

「聖域なき改革」「恐れず怯まず捉われず」「骨太の政策」「抵抗勢力」「痛み」などで、小泉内閣は「ワイドショー内閣」「小泉劇場」などと呼ばれた。この年、戦後三位の長期政権を実現してさっぱりと引退した跡に残されたのは、古米になった米百俵と、郵政選挙が生んだ八三人の小泉チルドレンだった。

盗まれる本だけ増える本離れ

――守谷 友一(11月)

日本人の本離れ、活字離れは言われて久しい。毎年の読書週間のたびに、「活字の力」の低落が指摘される。マンガがメジャーに成長し、ケータイ小説に若年層を奪われて、増えるものといえば万引きだけとは、文化国日本もお寒い。

紅白におやじの唄う唄がない

――川村 雄一(12月)

平成一二年から視聴率五〇%を割り、一四年には一三年ぶりのワースト第二位を記録するなど、翳りを見せ始めた紅白歌合戦が、一六年には担当プロデューサーの不正などで四〇%を割った。それでなくても、カタカナばかりの曲目にウンザリした年配視聴者は、裏番組のK-1などにダイヤルを回す向きが多くなっている。

定位置にない包丁が多すぎる

――忠 兵衛(12月)

刀は鞘に、槍は長押に。あるべき所にあるべきものがあれば、何事も起こらない。しか

平成19年(2007)

し……。時事川柳の範疇からは外れるが、近頃の物騒な世の中を裏面から捉えている。

百年を前に不二家の百年目――――三十尾維大(1月)

創業一〇〇年を前にしたペコちゃんの不二家が、シュークリームの製造過程で、有効期限切れの牛乳を用いていたことが発覚、販売停止に。

雪国で雪乞いをする雪祭り――――川村 雄一(2月)

大寒波に見舞われて日本中が凍りついた前年の年頭とは一変、降るべきところに雪が降らず、普段ならシーズン真っただ中のゲレンデは軒並み開店休業。

鈍感だけれど鈍感力は無い――――原 みえむ(3月)

渡辺淳一の『鈍感力』(二月一〇日初版)が、意表を突くネーミングで話題に。この年の流行語にもなり、以後、マイナス概念に「力」をつけたアイロニカルな書名が流行した。

おふくろの化粧直しは認めない――――大蔵 隆史(3月)

勝手に歌詞を変えて唄っていた森進一の「おふくろさん」が、原作者(作詞・川内康範)の逆鱗に触れて、歌唱を禁止された。「化粧直し」がいかにも言い得て妙。なお、翌二〇年四月、原作者が死去(八八歳)したため、一一月に遺族との和解が成立した。

平成19年(2007)

新子逝く川柳二百五十年 ――島崎　肇(3月)

江戸時代の宝暦七年、江戸在住の柄井八右衛門こと川柳が、前句附万句合の第一声を挙げてから二五〇年。これが契機となって現在に至る川柳が発展・継続されてきたことを祝って、八月一五日を「川柳発祥の日」と定め、東京をはじめ各地で記念行事が催された。川柳界が華やかに沸く中、女流の第一人者で、マスコミにも人気のあった時実新子が七八歳で世を去った。出世作となった句集『新子』などは、川柳界の外でも広く読まれた。

八〇年真面目に生きた無責任 ――斎藤　松雄(4月)

一九六〇年代、「スーダラ節」「無責任一代男」「ハイそれまでよ」などを高らかに歌い、「ニッポン無責任時代」を演じて人気絶頂にあった無責任男、クレージーキャッツの植木等が長逝した。八〇歳。この年は、大阪府知事にまでなり、最後はピンク騒動で辞任した、これも負けず劣らずの無責任男、大阪漫才の横山ノックが鬼籍入りしているが、こちらの方は「真面目に生きた」かどうかわからない。

長崎で二泊三日の市長選 ――大蔵　隆史(4月)

長崎市長選挙の最中、現職の伊藤一長氏が暴力団幹部に銃撃されて死亡するという異常事態が発生、急遽補充立候補した元市職員が当選した。

社保庁で行方不明になる老後　――小針　隼平（5月）

社会保険庁の年金記録不明分が五〇〇〇万件。村瀬清司長官らが街頭で深謝したが、それだけでどうなるものでもない。この続きは永くなる。

駅前で無口になった英会話　――鈴木三津太郎（6月）

「駅前留学」をうたっての多店舗経営で、受験者に人気のあった英会話学校の大手「NOVA」が経営悪化、大阪地裁に会社更生法の適用を申請。

天気図を抜け出して吹く千の風　――市川しげる（8月）

平成一八年の紅白歌合戦に初めて登場したクラシック歌手秋川雅史（テノール）が歌った「千の風になって」が国内一〇〇万枚以上を売り上げる大ヒット。新井満が英語の詩から訳詩・作曲したもので、男女年齢の区別なく愛唱されると同時に、「千の風」が流行語になった。

防衛相自分の口で腹を切る　――中川　久男（7月）

久間章生防衛大臣が、第二次大戦時の米軍原爆投下は、日本の降伏を早めソ連の参戦を防ぐために「しょうがなかった」と発言して批判を浴び、ついに辞職。

書店から美しい国消えて秋――小久保寿一(9月)

八月二七日、改造内閣を発足させた安倍信三首相が、翌九月一二日に突如辞意を表明して国民を驚かせたが、総理就任以前に彼の政治信条を吐露してベストセラーになっていた『美しい国へ』(文春新書)も、潮が退くように書店の棚から消えた。

劇場の頃がよかったチルドレン――新井　常正(10月)

郵政選挙の大勝で、華々しく脚光を浴びた八三人の小泉チルドレンだが、改革の本丸が落ちて「小泉劇場」が終幕を迎えると、もはや拠りどころをもたない無力な新米議員。いわば「小泉美学」を完結させるための人身御供に過ぎなかった。

すれ違う大連立の終い風呂――加藤　順也(11月)

福田康男自民党総裁が、小沢一郎民主党代表に「大連立」構想を打診。民主党委員会ではこれを拒否、混乱の責任を取って小沢委員長は辞職したが、慰留されて翌日撤回。大連立構想は不発に終わったが、この仕掛け人は渡辺恒雄読売新聞会長。

バンカーにあった次官の落とし穴――園山　達雄(11月)

防衛省の「天皇」と呼ばれた守屋武昌・前防衛事務次官を、軍需専門会社山田洋行の宮崎元

平成20年(2008)

伸元専務との間にゴルフ接待並びに金品授受があったとする収賄容疑で東京地検特捜部が逮捕。

口汚しばかり並べたお品書き ―――田原 痩馬(11月)

高級料亭「吉兆」のグループ会社「船場吉兆」で、料理の使い回しが内部告発で発覚、まさに「お口汚し」だ。この年は「食品偽装の年」といわれるほど、つぎつぎに有名店の不正が明るみに出された。(同店は翌年五月廃業)

餃子でもギョーザでもないぎょうざ食う―大島 脩平(1月)

中国製冷凍ギョーザに、有機リン酸系農薬「メタミドホス」混入、この年前半の社会問題から国際問題へ。

婆ちゃんの短歌が出てる主婦の友 ――藤縄 隆明(2月)

雑誌離れのあおりで定評のある雑誌が相次いで休刊、その中で女性雑誌の老舗「主婦の友」(大正六年三月、月刊「主婦之友」として創刊。昭和三一年「主婦の友」と改題)も六月号まで。

相撲部屋から生ゴミに出す竹刀 ――竹内田三子(2月)

大相撲時津風部屋の暴力沙汰で、序の口力士が死亡、親方らが逮捕され国技に巣食う体質

平成20年(2008)

的なものが明るみに。竹刀は稽古場の必需品。暴力の象徴。

内閣も「後期」と呼称したくなり
——久保居マサミ(4月)

一日、「後期高齢者医療制度」スタート。高齢者をいじめる「現代の姥捨て制度」との評もある。それにしても、老人の心を逆撫でするような即物的ネーミング。

五輪の火唐丸籠で運ばれる
——船山 新一(5月)

北京五輪の聖火リレーに世界各地でトラブル発生。チベット弾圧への批判が強まり、日本でも出発点とされた長野・善光寺が辞退するなどの抗議活動があちこちに。「唐丸籠《とうまる》」は、江戸時代、平民の重罪者を護送した竹編みのカゴ。

西北の夜空に消える夜学の灯
——熊倉 嘉郎(5月)

数多くの「努力の人」を生んできた伝統ある第二部(夜学)が、ついに廃部となった。

居酒屋に揺られて帰るお役人
——大蔵 隆史(6月)

国家公務員が深夜帰宅のタクシー運転手から、酒やビールを提供されていた「居酒屋タクシー」。調査の結果は、金品を受け取っていた職員が計一四〇〇人を超えるとか。

たまにしか食べぬ鰻に騙される――鈴木 知恵(6月)

食品偽装の一環をなすものにウナギの産地偽装があり、中国産を「愛知県三河一色産」として販売していた水産物輸入会社や卸売会社の社長らが書類送検された。この句、「たまにしか食べぬ」が泣かせる。

温度計持って湖畔に寄る首脳――白石 洋(7月)

北海道洞爺湖で第三四回主要国首脳会議(G8)が開催され、主要議題に京都議定書以後の温室効果ガス削減問題の再確認が取り上げられたが、結果として明らかになったのは、各国間にはそれぞれに微妙な温度差があるということだけだった。

列島に停泊してる原油高――服部 迪夫(7月)

ピーク時には1ℓあたり一八〇円台にまではね上がったガソリン代。燃料費のコスト高で、漁船二〇万隻が一斉休漁。

鳥の巣を取り囲んでるハリネズミ――伊藤 靖則(8月)

北京オリンピックは開会式の規模や競技内容の話題もさることながら、その形状から「鳥の巣」と名づけられた競技場周囲の水も漏らさぬ警備の厳しさが話題になった。大会前のチベット問題が直接の原因だが、「平和の祭典」がうたい文句の五輪大会が、ハリネズミのように武装した中で行なわれるというのも皮肉な風景である。

人間の汚れが目立つ汚染米――石井　正俊（9月）

米販売会社「三笠フーズ」が、中国ほかから輸入の農薬などで汚染されミニマムアクセス米を、食用として転売、これを原料とした酒造や菓子製造の業者は商品回収を余儀なくされた。この間、農水省の調査でも不正を見抜けず、あげくは失言で大臣が辞職、事務次官も退職する事件に発展した。

3人がブレーキを踏む理科ばなれ――有薗　哲也（10月）

日本人三人（ただし一人は米国籍）の研究者が揃ってノーベル物理学賞を独占、もう一人が化学賞を受賞、日本の第一線研究の質の高さを世界に示したが、これが国内では、若者の理科ばなれを食い止める契機ともなれば。

片仮名で世相を覗く流行語――守　克昭（12月）

TBSの「Around 40」が生んだ「アラフォー」は、新語・流行語大賞年間大賞を受賞。ついでは意味不明の「グ～！」。ベストテンの半分が小泉語録だった前々年とは大きな違い。

平成21年(2009)

東京都千代田区日比谷派遣村 ――――― 忠 兵 衛(12月)

厚生労働省が、この年の一〇月から〇九年三月までに八万五〇〇〇人の非正規労働者が職を失うと発表したように、食と居所を同時に失った派遣労働者救済の食料支給と仮宿泊所が日比谷公園内に急設され、多数がそこで年を越すことになった。名づけて「派遣村」。

一月に山開きする白馬富士 ――――― 野上 正昭(1月)

モンゴル出身、伊勢ヶ濱部屋で俊敏をもって知られる安馬《あま》が、前年九州場所の好成績で晴れて大関に昇進、これを機に四股名を改め、親方の元横綱旭富士の現役時代の四股名に因み、日馬富士(はるまふじ)として、初場所がその初めての土俵。まさに「山開き」というに相応しいが、めでたさが幾つも重なる本場所で、どんな成績を上げるか楽しみである。

纏向の卑弥呼の彫りが深くなる ――――― 足立 俊夫(3月)

邪馬台国論争一〇〇年前夜の九年一一月、奈良県桜井市の纏向《まきむく》遺跡で、三世紀前半の方位と軸線を揃えた大型建物群が発見され、古代王権の謎を解く有力な手掛かりとして話題をさらった。永らく論争が続けられ、いまなお結論が出ない邪馬台国の畿内大和説と北九州説に与える決定的な根拠ともなれば、女王卑弥呼の輪郭が一層はっきりとしてくるだろう。

第七章

川柳作家が選ぶ「〈時事〉この一句」

東京周辺の現代作家五〇人に、「わたしの選ぶ時事川柳この一句」をアンケートしてみた。重複句はできるだけ省いたが、なお何句か残った。また、物故者についてもそのまま記録にとどめることとした。

（三柳）

明治期

吾輩は猫であるから謝絶する ——三輪破魔杖(北海道)

◎杉本 禮子——●

明治四四年、博士号の授与を辞退した夏目漱石の話題を、代表作の題目をすんなりと読み込んだパロディ技法の冴えた作品。諷刺とユーモアに溢れ、漱石の人間・社会への複眼をも感じさせる。選者の窪田而笑子は読売新聞新川柳二代目選者。出典は『川柳入門—歴史と鑑賞—』尾藤三柳著(雄山閣)より。

大正期

其の後の火の手は人を焼く烟《けむり》 ——井上剣花坊(東京)

◎尾藤 三柳——●

大正一二年九月一日午前一一時五八分四四秒、関東地方を襲った大地震は、一回目の大揺れで、東京の百四、五〇カ所から出火、下町一帯を一舐め、約四万人が焼死した。市内いたるところに身許不明の屍体が転がり、これを湯島などの高台に集めて荼毘に付したが、この炎と煙が天高く立ち昇り、人々の不安を一層掻き立てた。

昭和戦時期

◇瀧　正治——●

手と足をもいだ丸太にしてかへし

——鶴彬（東京）

昭和一二年に日中戦争が勃発して、世の中が戦時一色に染まっている中で、戦争の悲惨な一面を切り取って、その裏の反戦思想を強く訴えたこの作品は、消えていく文芸とされる時事川柳の一つの時代を深く認識させると同時に、時代を超えて戦争の無慈悲を訴え続ける稀有な一句ということが出来る。

◇守谷　友一——●

戦勝が産む若後家と親なし児

——後藤閑人（宮城）

この句が詠まれた昭和一二年に生まれた私。その私が国民学校一年のとき親父は召集、三四歳で戦死した。その日からお袋は後家となり、米寿を全うして逝った。夫が生きていたらのタラレバを、お袋はどう乗り越えたのだろうか。今、豊かさの海に溺れている自分に、盆が来るたびお袋を思い出させてくれる一句である。

（尾藤三柳著『川柳入門』より）

◇中川緋紗子——●

べんとうの無い子も君が代を歌ってゐる——高木夢二郎（北海道）

敗戦から六八年、疎開地で見たどこまでも続くあの日の真っ青な空を、今でも忘れることが出来ない。私は国民学校の六年生でした。この句の中の君が代のなんと悲しいことか。何となく危うげな昨今の日本、子や孫たちのためにも、空き腹を抱えて君が代を歌わなければならない世の中にしてはいけないと、強く感じさせる作品。

昭和戦後期

◇足立 俊夫——●

神風はついに吹かざり芋を焼く——尾藤三柳（東京）

神国日本、軍国日本の幻影が完全に消滅した昭和二〇年八月一五日。絶望的な疲労感と空腹を抱え、それでも漸く手にした芋を焼く。廃墟の町にその烟が、明日の生活への不安と、戦が終わったという安堵感を綯い交ぜに漂った。戦中派の私には、この句からあの日の心象風景が鮮烈に蘇る。忘れられない一章である。

◆山口　早苗——●

八重桜散らぬ男を迎えけり——大森風來子（岡山）

昭和二二年、復員直後の作品。吉備津神社庭園に句碑として建立される。死んで還れと励まされて戦場へ望みながら、いさぎよく散ることも出来ず、敗軍の兵としてオメオメ生きて還ったこんな俺を、郷里の桜は昔と同じに温かく迎えてくれる。恥多き身がこんなに甘えていいものだろうか。

昭和後期

◆福島　久子——●

労組の鬼哭啾啾場に満ち——岡崎富輔（東京）

臨場感に溢れた一句だ。その後一〇年間、私は全農林傘下の組合員となった。国労議長の井伊弥四郎の男泣きの再放送を聞き、今でも耳の底にこびりついて離れない。民間企業より安い賃金体制、スト権のない労働者、起ち上がるべくして起ち上がった矢先、マッカーサーの中止指令。歴史に残る労働運動史の一コマが鮮烈に蘇る。

◆佐々木福太郎——●

花へ来て花を忘れる貸しむしろ——尾藤三笠（東京）

この句は、一見時事とは無縁に思われるが、昭和二五年の戦後の風景を凝縮した作品である。簡潔に研ぎ澄まされた表現は、下五に集約されている。これぞ川柳という見本としても推薦したい句である。出典は尾藤一泉編『親ひとり子ひとり』より。作者の詳細は『川柳総合事典』を参照されたい。

◆普川　素床——●

パチンコ屋　オヤ　貴方にも影が無い——中村冨二（神奈川）

『川柳総合事典』の〈時事句〉に分類されている。荒廃の戦後。無目的にパチンコに興ずる民衆の心の荒廃を「影が無い」というモダニズム表現で活写（シャミッソー『影を失くした男』）。パチンコする自分を内省的に批評返す刀で他を批評。客観の影ではなく、主観の影。冨二にしてはレトリックが明快で人口に膾炙、模倣を生む。

◆鈴木　寿子——●

核のかさ日傘の下の原爆忌——知苦里女（神奈川）

『小説宝石』川柳欄（尾藤三柳選）昭和五四年一一月号第一席。日米安保条約によって、アメリカの核の傘の下にある日本。毎年八月には、広島と長崎で平和の祈りが捧げられるが、この作品はその時の一コマ。一見平和に映る日傘の下には、時代に風化された悲しみがうずくまっている。

◆島崎　肇——●

コーヒー皿の上にある核ボタン——平塚征子（宮城）

東西の元首が二人、テーブルを挿んで、たわいない会話をしている。もののはずみで、あるいは話の成り行きで、目の前の「核ボタン」を何気なく押してしまうかも知れない。世界は累卵の危機にある。——三八歳の若さでこの世を去った女性作家。頸肩腕症候群という職業病だった。女性の句とは思えない、死を前にした透徹した眼が、身震いしたくなるほどだ。

（「川柳公論」昭和五一年五月号より）

◈西潟賢一郎――●

血を吸って吸って美しい道続く――尾藤三柳（東京）

日本が高度成長に向かっているなかで、闇雲に延びてゆく高速道。その行く末を予感させて、背筋が寒くなるような、昭和四〇年代の作品。いまなお道路延長線上にあって、飢餓都市化してゆく町並みを憂える、単にニュースをとらえるだけに終わらない視点にこそ、時事川柳としての教えが多く含まれているのを見る。

◈清水　木魚――●

月冴えて骸に還る千里丘――尾藤三柳（東京）

「何を見たかより、如何に見たか」恩師の言葉を胸に、当時高校生だった私は、大阪万博を見学した。しかし、結局何も見えてなかった気がする。大阪万博の後、日本経済はゆっくり下り坂に向かうことになる。

「月冴えて」と「骸」の鮮やかな対比。この句は、その後の日本が辿る道を、確かな眼で把えていたのかも知れない。

◇野中いち子——●

束の間の反旗よこ糸から裂ける——尾藤三柳(東京)

衝撃の一句だったのを覚えている。平成時事川柳いろはカルタ(「川柳公論」第一四三号所載)「つ」の項。

「い」から読み始めて「つ」で止まったまま。この戟に打たれて、作者を確認したのはそれから後のこと。「創めに句あり」とはこのことを言うのだろう。時代背景の把握も必要だが、これは時代性を超えて息づき、時が拡大して爆発する。

◇山本忠次郎——●

天皇へあてがっておく竹箒——黒川鉛(東京)

敗戦という絶望的状況下で、戦勝国アメリカのお情けで辛うじて保たれた天皇制。いわれる激動の昭和も、すでに六〇年を閲して、勤め人なら定年をとうに過ぎている。昭和にもそろそろご隠居願い、悪夢の時代に終止符を打って、余生は枯葉集めにでも精を出しては…?

平成期

七つだけ昭和を送る百八つ

鈴木福司（静岡）

◆田中 秀子

平成とは名ばかり、びっくり箱の底が抜けたような元年も、いま幕を閉じようとしている。除夜の鐘まで何となく違った音色に聞こえるのは、その中にまだ昭和が残されているからでしょう。切れっぱしのような七日の昭和ですが、動乱の六〇余年を生きて来たものには、格別の名残り惜しさがあります。これを最後に昭和も、手の届かない歴史の中に組み込まれてしまうからです。

ベルリンの壁も入った福袋

阿知東風（埼玉）

◆鈴木 瑠女

崩れた壁の前で、東も西も一緒になって踊っていたあの底抜けに明るい影像が、平成元年一月掲載《よみうり時事川柳》のこの句を思い出すたびに蘇る。しかし宗教上の対立による眼に見えない壁は、いまだなお世界を分断している。この透明な壁もまた、一日も早く福袋に入ることを願っているのは、ほかならぬ神様たちかも。

◈三十尾維大——●

停電はいや原発はもっといや——織部省吾（地方失念）

北米大停電は大事故であったが、停電が生命に関わることはまずない。ところが、チェルノブイリなど原子力発電所の放射能漏れ事故は重大である。原爆被災で放射能に敏感な日本でも、東日本大震災以後、抜き差しならない事態に直面している。「もっと」に潜在的な忌避と、生命の安全希求の感情が表れている。事故のつど思い出され，容易には消えない時事川柳であろう。

◈秋山　春海——●

湾岸に政府はのの字書くばかり——阿久沢廉治（群馬）

平成二年八月三〇日の《よみうり時事川柳》所載。湾岸戦争後の自衛隊派遣を巡り、政府の優柔不断振りを、初心な娘のしぐさに喩えてユーモラスに揶揄している。

作者は大正一三年前橋生まれ。郵便局勤務後、昭和五五年前橋川柳会を設立。事務局長として孔版の月刊誌を発行。平成一五年没。徳廉院釈治柳居士。

◇田口　立吉●

水鳥の姿に映る地球の死――馬場友一（長野）

これは、平成三年三月六日付の《よみうり時事川柳》（尾藤三柳選）の秀逸句。私が同欄に投句を始める二年ほど前のもので、ちょうど時事川柳に興味を持ち始めた頃だった。湾岸戦争で破壊された油田かタンカーの油が海岸へ流れつき、油まみれになった水鳥の姿がテレビで放映された時のやり切れない悲しみを、この句はとらえている。

◇青木多聞子●

夕焼けの似合う子供が居なくなり――千田昌志（宮城）

この作品は平成三年一〇月、《よみうり時事川柳》の入選句。高度成長後の余波が子供たちの世界にも大きく波動した。塾通いと受験戦争に明け暮れて、子供の日常生活から笑いと遊びが失われ、野外での姿に当たる夕日もどことなく寂しげである。私の川柳草創期に多大な感動をくれた作品で、採用された選者、川柳欄に頭が下がった。

◇菊地　美芳──●

フセインの啓蟄少し早くなり──中島愛猿（東京）

イラク戦争は終結したが、フセインは未だに捕まらない。子息や側近は、射殺されたり捕えられたりしているが、張本人は地下に潜ったのか、なかなか見つからない。平成三年三月、湾岸戦争時の読売新聞に掲載された作品ですが、一二年を経てまた蘇ってまいりました。

◇藤原　和美──●

先代は戦死　当主は突然死──佐藤風詩人（東京）

第二次世界大戦で命を懸けた戦士、バブル崩壊後のリストラと失業率。激動の歴史の中で、翻弄されながらも懸命に生きた庶民の姿が明快である。何時の世も、国の下に民がいる図式は不変であろうが、時事川柳作家の鋭い目があることを頼もしく思っている。

◇野上　正昭──●

百歳のアイドルがいる長寿国──いかり草（群馬）

アイドルといえばモー娘、SMAPなど若者が一般的ですが、世界一の長寿国日本では高齢者のアイドルがいて、おかしくない。ただ、百歳のアイドルとなると、驚くばかりです。きんさんとぎんさんの物語。コミカルな表現が見事なこの作品は、私が時事川柳に入門した平成四年一月、《よみうり時事川柳》に咲いたいかり草の秀逸句で、作者の代表作です。

◆石井　正俊――●

芋づるの先じゅうたんに見え隠れ　　――鎧文人（東京）

《よみうり時事川柳》平成四年二月四日掲載の秀逸作品。佐川急便の献金問題のハシリのような句。つるは長く、根はとても深かった。後に金丸、竹下氏らの大物や「レンガ」「上申書」等もつるに引っかかって出てきた。開会中の国会にピントを合わせ、今後の展開をほのめかす。数多い佐川急便関連句の中で一番印象に残っている。

◆湯町　潤――●

平成の絵巻彩る銀の雨　　――小泉寛明（神奈川）

何て美しいシンデレラ物語ではありませんか。平成五年六月一六日《よみうり時事川柳》の秀句です。皇太子ご成婚に列島が沸いた日、生憎の雨になりましたが、華やかなパレードに相応しい「銀の雨」と表現することで絵のような美しい句に。あれから一〇年の歳月が流れましたが、リズムもよく、いつまでも心に残る作品です。

◆山崎　夕雲―●

平成の絵巻彩る銀の雨

―小泉寛明（神奈川）

平成五年六月九日に行なわれた皇太子婚礼の儀を鮮やかに切り取り、六月一六日の読売紙上に秀句として掲載された作品です。平安のむかしを偲ばせる、古式豊かな婚儀を、流れるようなリズムと、美しい句姿に表わした佳句と思います。また、時事川柳としては稀な、美しい句と感じております。

◆小川　正男―●

除草剤次に私の番が来る

―辻内次根（和歌山）

月刊誌「大法輪」（尾藤三柳選）の天位作品。気楽な家業といわれたサラリーマンが、いまは明日をも知れない身、立場としては雑草以下かも。会社は倒産、リストラという除草剤をいつ撒かれるか知れない毎日です。句は、そんな私たちの弱い現実を、一七文字の中に的確に捉えており、佳句だと思います。

◇小泉　寛明——●

ひっそりと歴史に消えた目白の灯 ——橋本薫（埼玉）

平成五年の一二月、吹き荒ぶ木枯しの中、昭和のブルドーザー田中角栄の死。瓦礫を蹴散らかし、そして積み上げたそのキャタピラは、平成の初頭にかけて列島に散乱。まさに、ひっそりという、この上もない賑々しい道行。目白の、いや、そのテールランプは、歴史の波に紅いまま。

◇野本礼次郎——●

豊作になれば米研ぐ水が無い ——小坂恭一（東京）

この句は、平成六年八月三日、《よみうり時事川柳》所載。前年はコメの凶作で、「お米屋の初荷異国の旗が立ち」という句も出たほど、ブレンド米には苦い思い出がある。だが、一転して六年は豊作に変わったと思ったら、今度は「水がめがすり鉢になる水源地」という深刻な水不足に。この撞着したリアリズムは捨てがたい。

◆田口スズ子

綱ひとつ流れて隅田川の秋

尾藤三柳（東京）

この句は、平成六年（一九九四）一〇月一日付《よみうり時事川柳》の選者吟である。私は、長い間貴乃花ファンとして応援してきた。この年の秋場所、貴乃花は七度目の優勝を飾ったものの、横審があれこれと理由をつけて、横綱昇進は見送られた。その時のくやしい思いをこの句は代弁してくれたのだった。

◆藤井　蛍舟

五十年記憶を戻す焼け野原

西島柚郎（埼玉）

阪神大震災をテーマにしたこの作品は、作家西島柚郎の時事川柳の代表作ともいえる。震災で焼けた神戸の街の姿に、五〇年前の戦災の焦土が重なる。大震災という衝撃的な事象を記録し、次代へも伝えるため、戦災という過去の事象を対置させ二元的に描いている。時代をへだてた「焼け野原」が眼前にひろがる。

◇千葉　絹子●

お茶の間へ高速道が横たわる

原野正行（東京）

平成七年一月一七日、阪神大震災を即座にキャッチした《よみうり時事川柳》秀逸句（一月二八日付）である。

阪神高速動が飴のように捻じ曲がり、お茶の間に突き刺さってきた。筆舌に表わせない震災の凄まじさ、人間の、文明の非力さをまざまざと見せつけられた、インパクトの強い作品である。今は亡き作者とともに、この作品の存在感を改めて感じている。

◇松原　幸子●

お茶の間へ高速道が横たわる

原野正行（東京）

日本列島が震撼し、日本国民を驚愕させた阪神大震災。でも、作者は時事作家の眼で写し出される影像を視野に納めていたのではないか。この大惨事を句が端的に物語っている。リアリティとインパクトが相俟って、時事性の高い句になったと思う。作者は物故したが、句は色褪せることなく、時代を生きていくと思う。

◆小野崎帆平——●

地図開く上九一色がここにある——田口悠樹（埼玉）

九五年三月、東京でオウム真理教による地下鉄サリン事件が起こった。警視庁による教団の捜索は、富士山麓の山梨県上九一色村を中心に行なわれ、それまで聞いたことのなかった地名が、世界の耳目を集めるようになった。現在は、教団の施設も撤去され、平和な村に戻った上九一色村は、その後の町村合併によって地上から名が消えた。

◆山本　義明——●

動燃がもんじゅに当てる紙オムツ——井ノ口牛歩（千葉）

福井県敦賀市にある、核燃料開発事業団の高速増殖炉「もんじゅ」による液体ナトリウム漏れの事故をテーマにした。その後の調査により、漏れ部分を撮影したビデオを動燃が隠していたことが判明する。一読明快のこの句、動燃の狼狽ぶりを「紙オムツ」の一語に凝縮した目に、時事川柳のたくましさ、強さを思い知らされた感がある。

◆松永 昇児――●

名を変えて成人病が威嚇する ――井ノ口牛歩(千葉)

平成八年一一月二一日付の《よみうり時事川柳》東京本社版に掲載された秀句。井ノ口牛歩は、同時期の時事川柳作者・西島柚郎とともに、一世を風靡した好作家。現代社会における成人病(生活習慣病)への対峙と、暖衣飽食の時代を享受しながら生き延びてきた自分への反省と自戒の念が漂う作品。

◆桑原 清――●

動燃のおむつに代えるガムテープ ――八木沼福男(群馬)

一九九七年、茨城県東海村で起きた原子炉の放射能漏れを題材にした句で、動燃の垂れ流し、ずさんな危機管理を痛烈に批判している。この句は、一九八九年以降《よみうり時事川柳》掲載句の中から一〇〇句を抜粋した「英訳時事川柳」にも入集している。

◆土谷　正●

芳崖の瀧音を聴く書庫の隅

――足立俊夫（東京）

平成一〇年四月二九日、《よみうり時事川柳》掲載の秀句。近代日本画の先駆者、狩野芳崖の作品「瀑布の図」が、国会図書館の資料の中に埋もれていたのを、女子美術大の教授らが発見したことがテーマ。中七と座五は説明に終わらず、埋もれていた滝の音に聴きひたる。時事川柳には多くない、詩情あふれる名句である。

◆二宮　茂男●

紅白に老人席が遠くなる

――土谷正（神奈川）

視聴率を気にした「紅白」が、若者に寄り添い、老人を置いてきぼりにした九八年の作品だ。急激に演歌歌手のリストラが進み、昨年の出場者はポップ歌手が半数を占めた。「三百六十五歩のマーチ」のチータの名はない。時の流れとはいえ、演歌の好きな老人は、演歌、童謡等を心の癒しとして歌い継ぎたい。

◇島崎　穂花――●

トランクの中の臓器が美しい――鈴木寿子(東京)

平成一一年三月一二日の《よみうり時事川柳》秀逸句。臓器移植法施行後初の脳死移植がテーマ。「美しい」という形容詞は、ともすれば陳腐な三文小説になりかねないが、臓器移植という重いテーマに視座を変えることにより、端正なスケッチ画を見せられているようである。時事川柳の可能性をひろげた作品。

◇小林寿寿夢――●

絵日記の最後も空を赤くぬり――石井滋(東京)

三宅島の雄山が噴火したのは、二〇世紀も終わりに近い七月八日のこと。九月には全員離島し、避難先で新世紀を迎えたまま、未だに帰島できない。この句は、噴火の凄まじさ、恐ろしさを、子の目を借りて巧みに表現している。数多ある秀句の中からこの一句を挙げたのは、人知の及ばない大自然に対する人間への戒めとして捉えたからです。

◆塩見　佳代

スーパーに雪崩が起きる熱帯夜　　島崎穂花（埼玉）

二〇〇〇年七月一二日、《よみうり時事川柳》の秀逸句である。雪印の怠慢経営は、消費者の信頼を根こそぎ覆し、子を持つ親の不安と憤りが、この一七音に凝縮されている。スーパーに起きた、完全無欠な指定席の崩壊。森永と粉ミルク事件をふと蘇らせ、人の世の愚かさや無常を問う作者の非凡さを遺憾なく発揮した句であろう。

◆岩片親一郎

ないビルが一位に座る十二月　　杉山太郎（神奈川）

平成一三年九月一一日、世界貿易センタービルが同時多発テロで消滅。その年の一〇大ニューストップはこの事件だと、誰もが疑わなかった。「ないビル」「一位」「十二月」を組み合わせて、読売新聞一二月一日に掲載されたこの句は、大きな活字を使った以上に、事件のショックを伝える。

◈松井　文子――●

ペラペラのリボンへ繋ぐ拉致家族　――山口早苗（千葉）

二〇〇二年一〇月一五日、北朝鮮による拉致被害者五人帰国という劇的シーンを見せたまま、政府はその後何らの具体的解決策も示せず、今日に至る。同胞の安否を気遣う情をこれほど分かち合う事件も絶えて久しい。国民の祈りや苛立ちの重苦しさを背景としつつ、この一句はペラペラなリボンを以て政府の無策を鋭く追及する。

◈河口　世詞――●

乱闘も牛歩もテレビ五十年　――秋山春海（群馬）

テレビが世に出て半世紀、日本は、発展途上国と何ら変わらない醜態を国民の前へさらけ出してきた。この佳句は自民の一党支配の中で、政治の原点を見失い、物理的行為に終始する茶番劇を、五〇年のスタンスで捉えている。

作者は川柳フォーラム時事会員、平成六年の上州時事川柳クラブ設立者でもある。

◆綱川やすこ——●

恫喝の海にはだかの島四つ ——尾藤三柳(東京)

二〇〇三年五月一日付《よみうり時事川柳》選者吟。何かというとテポドンを打ち揚げて威嚇する北朝鮮。一方、周囲を開け放した縁側のような島国の、危機管理体制の甘さを見透かされている日本の危うさ。「はだかの島」とは、言い得て妙としかいいようがない。

◆竹内田三子——●

アニータが投げてよこした小銭入れ ——小泉寛明(神奈川)

この句は、平成一五年六月一〇日付《よみうり時事川柳》の秀逸作品。青森県で起きた横領事件で、戻った金額がスズメの涙ほどであったのを皮肉った句ですが、この作品には川柳の三要素のすべてが備わっており、かつリズムもよく一読明快で、川柳の素晴らしさを教えてくれる楽しい一句です。

◆北村艸之郎――●

新世紀御破算にするテロリズム――小泉寛明（神奈川）

この一句というからには、テロ9・11を挙げなければならぬ。すでに二年前の出来事であるが、いま思えば新世紀早々の大事件で、世界中の人々にあの影像が脳裏から離れないショックを与えた。ことしアメリカがイラクを攻撃したのも、このテロリズムを頭に置いた行動であろう。もう二度とご破算にはしたくない。

◆大島　有理――●

帽子より命が軽い領事館――塩見佳代（東京）

中国瀋陽領事館事件は、テレビその他で繰り返し報道され、視覚からも緊迫感も誠意もない当事者の態度に驚かされたことが、頭に残っています。この句は、その無責任な姿を、うまく表現していると思う。多数の人々がマスメディアを通じて同事件に心を痛め、それに共感を示した作品だと思います。

◇あとがきに代えて

時事川柳の可能性

明治一〇年、日本で初めてヨーロッパ風の滑稽・風刺週刊誌《團團珍聞》が創刊され、読者投稿の中に「川柳」として、風刺的な短句を掲載したのが、おそらく時事川柳(狂句)の始まりだろう。これに刺激されて伝統的な柳風会の狂句が時事的題材を多用するようになった。

明治三五年には新聞《日本》が短詩欄を企画し、これが三六年には定着して「新川柳」のメッカと呼ばれ、その人気に煽られて各新聞が競って川柳欄を設けたが、いずれも時事的素材を主にしたもので、明治の川柳復興は時事川柳に始まるといってよい。

しかし、川柳の主流が新聞から吟社活動に移るとともに、句は一過性の時事を離れ、新聞・雑誌に残った時事川柳をアマチュアリズムとして軽蔑する気風が強くなった。以後の時事川柳は、川柳の本道からはずれ、継子のような存在として細々と命脈を保って、第二次大戦の終戦を迎えた。

時事川柳が真面目を取り戻し、独立ジャンルへの道を見出したのは、昭和二五年、代表的日刊紙《読売新聞》が、時の第一人者・川上三太郎を選者に立てて、連日掲載の〈よみうり時事川柳〉欄を、第一面に新設したことを契機としている。

以後、時事川柳は一つのジャンルと看做され、専門作家が生れ、独自の文芸理論を深めていった。やがては、既成川柳の牙城を揺るがし、川柳界の中心に座るであろうと想像される。

様々の点で両者を比較し、その理由を述べると――。

❶既成川柳の題材が繰り返しに陥って、意匠の取替えだけに活路を見出しているのに対し、時事的題材は日々生れ出て、常に新しい。

❷既成川柳が技術的に歩留まりとなり、千篇一律化しているのに対し、時事川柳には独自に開発した批評と諷刺の方法論がある。

❸既成川柳は目標を持たないが、時事川柳には常に現状を変えようとする使命感がある。

❹既成川柳の曖昧な在り方に対し、時事川柳作家には最小限度の作家意識がある。

❺程度の差こそあれ、既成作家が「伝統」にあぐらをかいているのに対し、時事作家は常に挑戦者であることを忘れない。

❻前者は慢性的（衰弱・退嬰）であり、後者は発展的（進取・積極）である。

❼既成川柳には社会性が無い（個人的趣味）が、時事川柳は社会との連帯（マスコミ関連）にレーゾ

ンデートルを求める。

8 前者の老齢化（参加理由にボケ防止が多い）は著しいが、後者には若年層の参入（やり甲斐）がある。

9 前者には句会運営者がいても指導者がいないが、後者には本質的自由を永遠のテーマとした理論化への努力が進んでいる。

10 閉鎖性と開放性。

両者には、これだけの対極的違いがある。今後の社会に耐えていけるのがどちらかは、おのずから明らかである。

新聞紙面への直接参加

これまでの時事川柳は、事件の報道が新聞紙面に掲載されてから始動するため、報道と作品の間に避けられない時間的空隙があった。掲載間隔を連日としても、新聞制作の手続き上、事件から掲載までになお一週間前後のギャップが生じる。即応性を生命とする時事川柳にとって唯一最大の隘路がここにあった。いかにして事件とその事件を対象とした作品との時差を縮小するか。

時事川柳の存立にも関わるこの時間差を無くすことによって、より生々しい描写が可能になる。

これは百年前、新聞《日本》の短詩欄を立ち上げる際に、古島一雄(古洲、古一念)が企図した最初の発想だった。そのためには、記事の制作現場に、川柳の作者が待機していなければならぬ。それゆえ複数の作者の交代制を考えたが、どの作者もそれぞれの仕事をもっていて、思うに任せず、結局は失敗に終わったのが、明治三五年の試みだった。

この理由は、当時はまだ川柳の専門家というものがなく、学者や教育者、著述家など、すでに分野の決まった著名人の片手間に頼ろうとしたことにある。したがって現在なら、時事川柳の専門家(この人選は難しいが)何人かに嘱託して、交代で配置すれば済むことである。

政治、社会面のトップ記事ないしはそれに準じた記事、運動面や芸能面の特集記事などの末尾に一句もしくは数句、万葉長歌の反歌のように全体をトータルする形で、特徴的部分を端的に短詩型で締めくくる。この同時性は、散文を引き締める効果がある。大事件などの場合は、それをテーマに、一〇句、二〇句連作する。これも、散文の報告とは違ったインパクトがある。

要するに、記事制作の現場にあって、同時制作する、いわば記事と句のコラボレーションで、新聞を活性化しようという発想である。

これは一つの提案であり、理想であるが、現状のように、小さなコラムを独立させて、古びた時事句を寄せ集める時事川柳欄よりは、はるかに生き生きとした川柳の活躍現場たり得る。

社会批判の具として、従来のような短文芸としてではなく、記事の一部として現代を書きとどめる歴史の語り部こそが、時事川柳の存在意義として最もふさわしく、どう時代が変わっても、損なわれることはない。

ここでも、もはや趣味の段階は超えたものとして、作者と読者が厳然と区別されなければならない。

作者索引

あ

か

さ

た

【著者略歴】

尾 藤 三 柳 （びとう・さんりゅう）

尾藤三柳事務所（「川柳公論」発行ほか公論グループ）主宰。
（社）全日本川柳協会・川柳人協会相談役。日本現代詩歌文学館評議員。新聞・雑誌・コンクール審査員。諸講座講師など。
著書：川柳大事典、川柳総合辞典監修・編、選者考、川柳二〇〇年の実像、川柳神髄、講座「川柳」三部作（歴史・基礎・鑑賞）、英訳SENRYUなど多数。（1929年東京生、学習院旧制文科卒）

完全版 時事川柳

○

2012年8月12日　初版発行

著　者

尾　藤　三　柳

発行人

松　岡　恭　子

発行所

新　葉　館　出　版

大阪市東成区玉津1丁目9-16 4F 〒537-0023
TEL06-4259-3777 FAX06-4259-3888
http://shinyokan.ne.jp/

印刷所

株式会社シナノ

○

定価はカバーに表示してあります。

ISBN978-4-86044-464-8